初學
鉛筆素描技法
Drawing and Sketching in Pencil

初學
鉛筆素描技法
Drawing and Sketching in Pencil

初學

鉛筆素描技法

Drawing and Sketching in Pencil

初學
鉛筆素描技法
Drawing and Sketching in Pencil

初學
鉛筆素描技法
Drawing and Sketching in Pencil

陳穎彬◎著

國家圖書館出版品預行編目資料

初學鉛筆素描技法；陳穎彬著。第一版。
新北市：三藝文化，2011.01〔民100〕
232面；19×26公分。（繪畫技法；06）

ISBN 978-986-6192-03-6（平裝）

1.鉛筆畫　2.素描　3.繪畫技法

948.2　　　　　　　　　99027118

繪畫技法 06

初學鉛筆素描技法

作者　陳穎彬
企劃編輯　廖平安
美術編輯　李緹瀅

發行人　薛永年
出版者　三藝文化事業有限公司
　　　　235新北市中和區中山路二段482巷19號3樓
　　　　電話：（02）2222-5828
　　　　傳真：（02）2222-1213
　　　　E-mail信箱：sanyi@sanyibooks.com.tw
　　　　網址：http://www.sanyibooks.com.tw
　　　　郵政劃撥：18892611 三藝文化事業有限公司
總經銷　紅螞蟻圖書有限公司
　　　　114台北市舊宗路2段121巷28、32號4樓
　　　　電話：（02）2795-3656
　　　　傳真：（02）2795-4100
網路書店　www.books.com.tw　博客來網路書店
出版日期　2011年02月
版次　一版一刷
定價　250元

序

筆者多年來雖然已寫了多本有關於鉛筆素描的書籍，但一直覺得國內缺少一本適合「初學者」學習的素描學習書，有鑑於此，筆者在三年前開始撰寫如何讓初學者易懂及規劃一本讓初學者從基礎學習的鉛筆素描書。

「初學鉛筆素描技法」，每一頁都是站在初學者的角度編寫，如何讓初學者從最基本的形狀，例如圓形、橢圓、四方形等基本形，瞭解、分析其結構與構圖，進而指導繪畫出基本造型，接著再闡釋物體的明暗與漸層，這對初學者學習是很重要的，因此筆者認為初學者對於基本型的原理要先瞭解清楚後，才能真正畫出正確形狀。

所以本書不厭其煩地用了很多基礎造形與照片，且實際繪畫出形狀供初學者參考，目的是要讓初學者更清楚、更容易學習。

本書除了對初學者說明各種基本形的瞭解、認識與應用外，同時例舉多項初學者的基礎繪畫題材，詳細敘述繪畫的過程，包括蔬菜、水果、日常生活中等常見的用品示範過程，目的是希望讀者能對於造型理解後，實際加以運用，畫出要表現的題材。

素描是繪畫的表現形式之一，也是一切繪畫的基礎，早在幾十年前，鄰近國家的日本就把鉛筆列為美術教育的主要工具，它是使用單一的顏色描繪對象的一種繪畫方式，通常使用的工具為鉛筆、炭筆、鋼筆等等。素描的基礎訓練均以寫生為主。通過對對象的觀察，生動而形象地描繪出其狀態。本書內含靜物素描技法、基礎繪畫題材練習、日常生活靜物素描，經由清楚的說明、透過簡單的方法，相信對於信手塗鴉的初學者到技巧精湛的畫家，在數分鐘內就可以輕鬆掌握。

陳穎彬

初學 鉛筆素描 技法

目錄 Contents

第五章 日常生活靜物素描 175

第一章

◆ 靜物素描技法 ◆

鉛筆素描的歷史可以追溯至文藝復興時代，鉛筆工具發明以後，使鉛筆畫受歡迎的程度愈來愈高，即使在電腦科技發達的今天，鉛筆素描的重要性仍有其無可取代的地位，原因是人類藉著鉛筆傳達思想與透過鉛筆技巧所傳達的美感，仍然是今天電腦科技所無法表現的。正因鉛筆有其無法預知的美感，所以，鉛筆工具仍是學院派素描不可或缺的工具素材。

早在幾十年前，鄰近國家的日本就把鉛筆列為美術教育的主要工具，而中國在民國初年，也受到蘇聯派及歐洲學人的影響使鉛筆畫盛行。這些在外國的指導老師或歸國學人如徐悲鴻先生將鉛筆素描列為我們美術教育的重要學習課程。早期徐悲鴻先生所畫鉛筆素描的許多畫作，至今仍流傳下來。

鉛筆素描之所以如此深富歷史意義，鉛筆工具可歸納出特點如下：

1.鉛筆的價格便宜。

2.鉛筆比較容易控制。

3.鉛筆的操作不受任何年齡限制。

4.鉛筆可表現的題材，十分廣泛。

以上是鉛筆的特色，其次是鉛筆在繪畫上的重要性：

1.鉛筆是訓練素描的基礎工具。

2.鉛筆是初學繪畫者的入門工具。

3.鉛筆是描繪深淺明暗度最方便的工具。

第一節　鉛筆素描的材料介紹

鉛筆素描的材料在市面書籍大都曾經介紹，無論在國內或國外，鉛筆工具都被廣泛使用。原因正如前面所述，鉛筆有操作方便，容易表現的特色，因此廣受大眾歡迎。以下是鉛筆材料簡要介紹：

一、鉛筆材料介紹

無論何種品牌，市售的鉛筆都是由4H～8B或9B排列，B數愈多其顏色愈深，B數愈少則表示愈淡，相反的，H數愈大其顏色愈淡，H數愈小則愈深。若將H與B兩者比較，B屬於灰及暗色調，而H屬於明色調。一般而言，只選B，2B、4B、6B、8B或只選2B、4B、6B也可以使用；但當初學者熟識後，單用2B、3B或4B其中任何一枝鉛筆也可以畫出不同色調。

若想畫精細素描，亦可以用0.5 2B～4B，或將鉛筆常削尖亦可。筆者亦常使用較細的2B自動鉛筆來畫，讀者不妨試之！

二、素描紙張的材料介紹

素描紙張的材料大大影響了初學者鉛筆素描的好壞，所謂「好壞」，指的是初學者對於紙張的習慣或較耐磨的紙也可以讓自己產生自信。初學者除了必須學得好的繪畫技巧外，若能搭配較好的素描用紙，必定事半功倍，獲得較好的繪畫效果。

國內目前所用素描的用紙多由日本、法國、英國等地進口，而筆者所用的素描則以國產模造紙及日本素描紙為大宗，其次是MBM的素描紙。每一種紙都有其特色，讀者必須多方嘗試才能得心應手，讀者不妨走一趟美術社買幾種紙試試！

國內進口的各類紙張，只要是紙張類都可以嘗試，如麥克筆紙、水彩紙都可以用來畫素描，而紙張的不同將呈現出不一樣的素描效果。

三、橡皮擦的介紹與應用

橡皮擦的種類可分為：1.一般橡皮擦2.軟橡皮擦兩種。一般而言，軟橡皮擦較適用於美術素描方面，硬橡皮擦則較適用於風景素描或特殊效果。使用軟橡皮擦可以做出「壓」或「擦」的效果，是其他材質無法取代的。

其次，筆擦是炭筆常用的工具，如果上了碳粉，再輔以筆擦，可擦出不一樣的色調，筆擦對鉛筆素描而言較少使用。

四、畫板與畫架

一般而言，畫板與畫架是一起使用或個人至戶外寫生所用。畫板的大小以4開、對開較為常用，戶外寫生以4開為主，對開則是在室內作畫較常使用。

畫架一般可分為室內及寫生畫架。室內畫架有輕型及重型兩種，輕型可以折疊，容易收折整理排列，重型畫架則是專業畫家創作使用，可畫至200號油畫作品。

就材質而言，畫架有鋁製與木製。鋁製一般較輕，攜帶方便，適合於室外寫生。而木製畫架一般多在室內繪畫使用，而筆者常畫8開大，因此放在桌上畫就可以了。

鉛筆的軟硬筆觸

硬與軟鉛筆所呈現的明亮

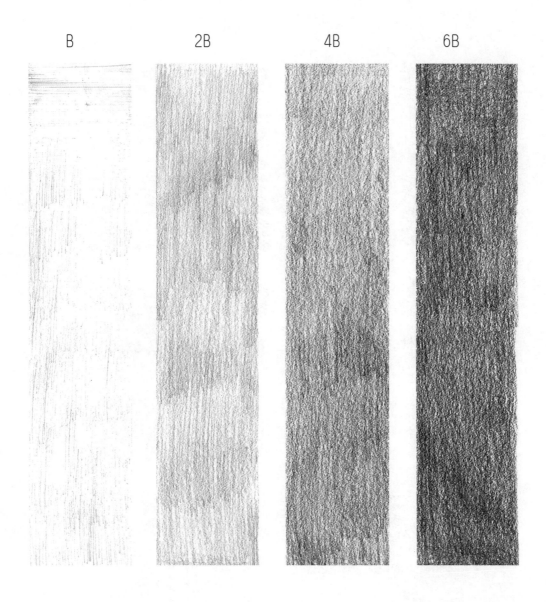

B　　　　2B　　　　4B　　　　6B

鉛筆線條表現方式

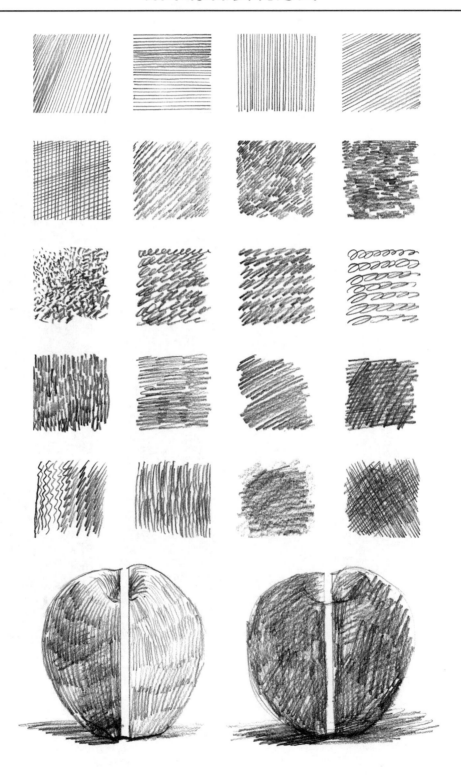

筆勢和強弱

無力筆勢

弱筆勢

快速的筆勢

強力筆勢

豎起拿筆有力感覺

斜的無筆勢

各種橡皮擦效果

素　描　用　紙

第二節　鉛筆素描題材選擇

　　鉛筆素描的題材是人類透過對環境生活的體悟，進而表達出內心感受的結果。因此，鉛筆素描題材的選擇大部分都與生活有關。

　　鉛筆素描題材可分為：

一、靜物方面：

　　日常生活中常見的，如蔬果、石頭、木頭、玻璃、布料…等等皆是練習的題材。

二、風景素描方面：

　　大自然中常見的，如山水、雲彩、樹木、天空…等等。無論何種題材都有不同程度的挑戰性，要不斷練習才能駕輕就熟。

　　其次，石膏靜物類的外型，例如三角形、四方形、圓形等造型為初學者必練的題材。

三、石膏像素描的練習：

1.初學者以半面像為主。

2.中級以阿古力巴為主。

3.高級以勞孔及阿里阿斯為主。石膏像素描的練習，必須循序漸進，才能得心應手。

基　礎　練　習

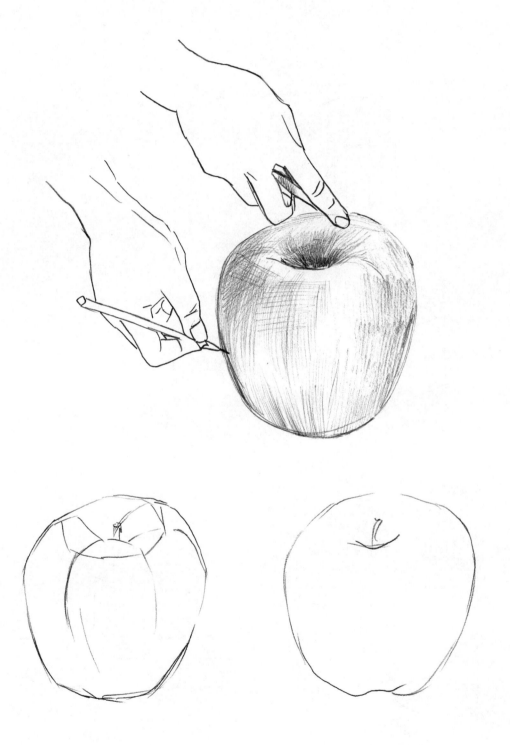

基本形立體概念 分出不同面

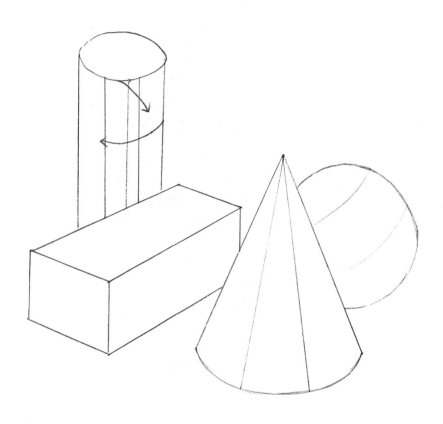

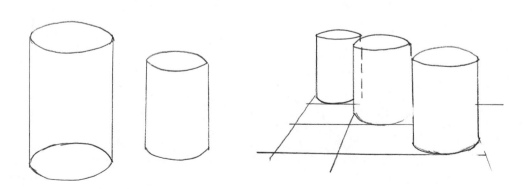

正方形透視—不同角度的正方形透視

A 為一點透視

B、C 為二點透視，畫風景素描及靜物素描常用透視運用

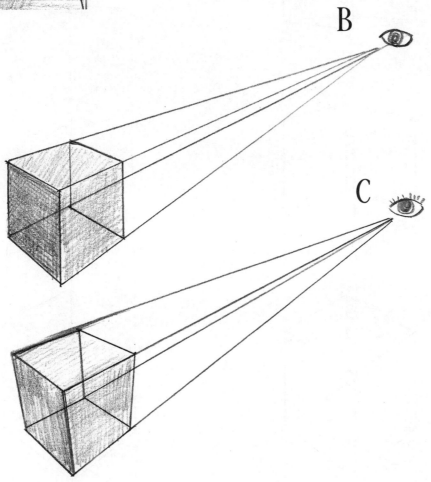

正方形透視練習

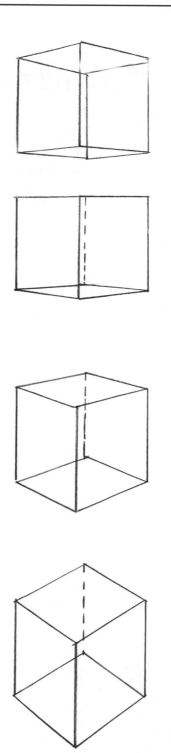

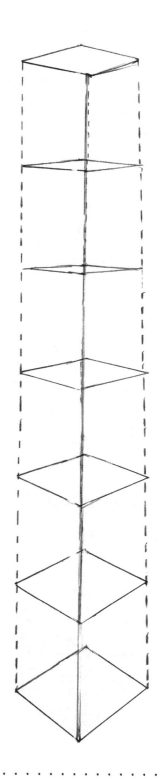

第二章

 靜物鉛筆素描構圖法

第一節　基本構圖法

　　一般從初學者到進修者在靜物鉛筆素描的描繪做時，都會為了如何構圖而傷腦筋，其實構圖的種類不外乎幾種，而對於初學者較難的地方是，欲繪的靜物若有三件以上要如何擺設？

一、中心構圖法：

　　構圖的方法很多，在靜物描繪物體方面，以中心構圖法為最基礎，也就是將物體放在畫面的中心。中心構圖法要考慮到「光線是否能統一」。光線由左或右較容易畫，若無法統一時僅能靠自己的經驗使畫面具有統一方向的明暗調。

二、三角形的構圖法：

　　靜物鉛筆素描中，三角形構圖法最容易讓畫呈現出重心較穩的感覺。這時候以主體中心偏左或偏右置放，次要的物體置於兩旁。這也是初學者所常用的構圖法。

三、黃金分割線的構圖法：

　　將靜物主體放在畫面中偏右上或左上或偏右下或左下的位置。

一、A、B、C、D為物體重心，黃金分割構圖法

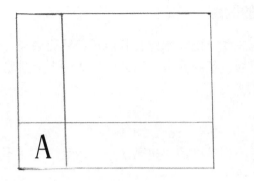

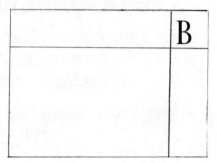

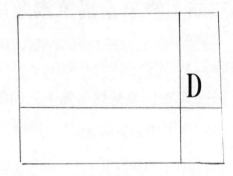

二、中心點構圖法——虛線為畫面重心

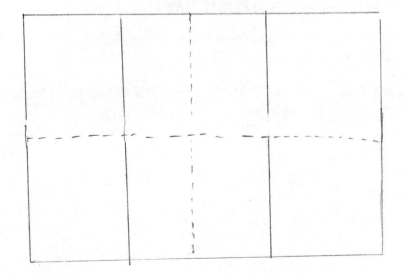

第二節　構圖位置考慮基本要素

一、不同物體間主體擺放位置的問題

不同物體之間可先選一個物體作為主體，例如水果和花瓶，花瓶可偏左、偏右、偏上或偏下擺放，靜物水果則可靠近花瓶置放，可嘗試在桌面上排排看如何搭配較佳，主體位置可參考上頁構圖。

二、主體與客體的搭配

物體主體與客體之間的搭配，應考慮到畫面重心是否統一、穩定，主體不統一且太過凌散往往是初學者常犯的毛病。

第三節　鉛筆素描筆觸運用問題

一般畫靜物的明暗往往和筆觸有明顯關係，例如斜著畫和豎起筆畫會因拿筆姿勢的不同而有不同的感覺。

一、拿筆的姿勢可分為下列四種：

（一）輕輕拿鉛筆前端畫，筆觸重心在前端。（圖一）

（二）輕拿前端斜著筆畫，筆觸輕輕的斜著畫。（圖二）

（三）斜著筆畫，一般斜著筆畫筆觸較寬，接近平塗，但筆觸不明顯。
　　　（圖三）

二、鉛筆筆蕊不同，可分為兩種筆觸：

（一）硬的筆觸：硬的筆觸以H～4H為主，亦或畫畫時以較快的速度畫，
　　　會有較硬的筆觸。

（二）軟的筆觸：以B～8B為主，B～8B的鉛筆筆蕊較軟，因此畫出的感
　　　覺也較為柔和，筆者常用為2B～6B之間的鉛筆。

筆觸練習—手勢變換

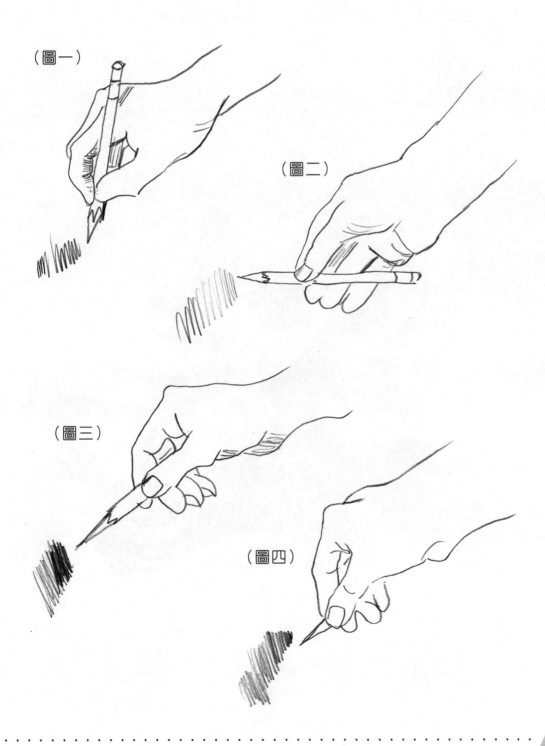

（圖一）

（圖二）

（圖三）

（圖四）

粗筆觸畫法

畫時重點：

在於暗的部份不可完全畫黑，並注意陰影外淺內深。

細筆觸畫法

細筆觸的方向要一致並且注意筆觸重疊的效果。

粗筆觸畫法

這張粗筆觸畫法重點在於用較鈍的筆心畫出線條及明暗，畫時注意葉脈線條變化。

第三章

 形體認識與描繪

第一節　形體認識

　　形體的認識對畫素描是不可或缺的一環，原因在於當物體透過我們的觀察及簡化後，使畫者對物體有概括的認識，在畫畫的過程才能掌握重點。

　　初學者學習鉛筆素描時，剛開始可能無法立即精確的掌握住形體的輪廓掌握的很精確，以致不能將明暗順利的表現出來，因此，除了培養敏銳的觀察力外，初學者應學習掌握以下幾個大原則：

　　一、初學者應從基本形，如三角形、四方形、圓柱體、圓形等不同的基本
　　　　形狀開始練習。

　　二、初學者若是畫實物，也應從形狀較為簡單的實物開始畫起，例如小盒
　　　　子、蘋果、橘子等單純造型的物體，進而畫一些形狀較複雜的題材。

第二節　形體的觀察與掌握練習

　　形體的觀察，應掌握以下重點：

一、特徵的掌握：

　　例如物體有何特徵、造型如何、接近什麼形狀、由什麼形狀組合…等的觀察。

二、動靜態的掌握：

　　要入畫的物體是動態或是靜態的。

三、比例與結構的掌握：

　　先大略瞭解物體外型的長、寬、高，再觀察其中的比例如何。

　　其次，形體描繪時除了應注意前面提及的形體的特徵外，還必須特別注意到形體的要素。塞尚曾經說過「自然界的形體都是由圓柱體、圓錐體、球體分析而來」，充分說明了能掌握幾何形體，對描繪基本形有莫大的助益。

　　（一）圓形練習：如各種水果、球體的練習。

　　（二）圓柱體練習：例如瓶子類的練習。

　　（三）四方形練習：如盒子造型的練習。

　　以上是三種基本形的練習，如果更細心觀察，可以看出有些物體是介於圓錐與圓形組合，或圓柱與圓錐體之間組合，這都是初學者經由不斷練習後所得的心得，慢慢的循序漸進，自然能夠舉一反三。

不同角度看橢圓

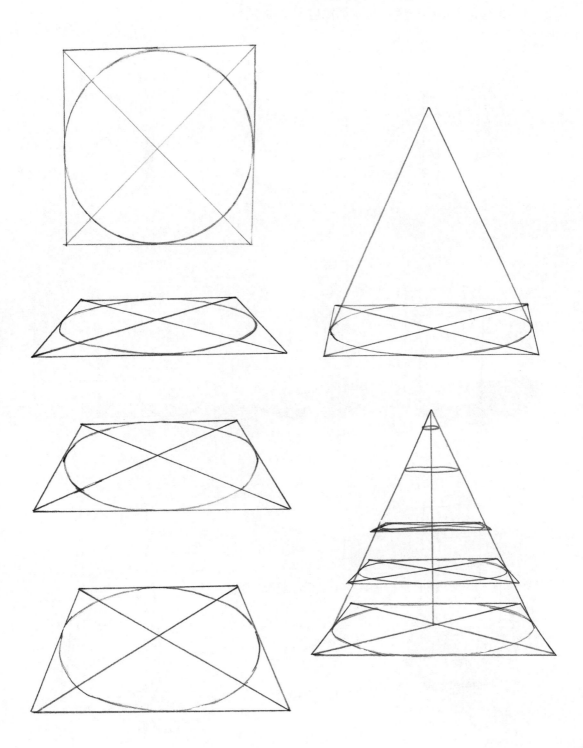

基本形不同角度練習

光線照不同的角度，其陰影角也不同

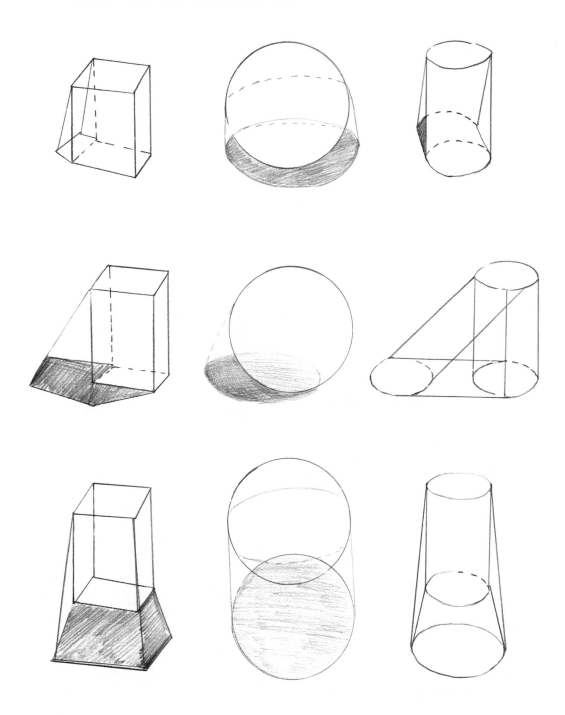

橢圓透視練習

橢圓愈遠愈扁也愈小，橢圓愈近愈圓也愈大

橢圓形面的變化

橢圓在不同角度，形狀也有變化

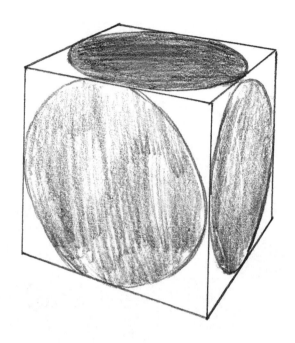

橢圓畫法

練習橢圓方法：

（1）先畫類似梯形（2）再畫十字線（3）十字形頂點再連接成橢圓

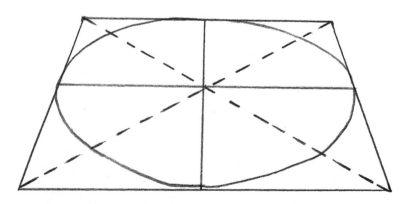

第三節　形狀特徵的掌握及工具測量的方法

　　觀察法是形狀掌握的基本方法，必須經過不斷的觀察練習才能有所進步。「目測法」則是利用測量棒及取景框來當輔助，使描繪對象比例更為準確的方法。

一、由內往外的畫法

（一）垂直中心點畫法：

　　先找出物體的中心點，再由此中心點向上頂點之間找出中心點，同時也往下找出中心點，亦可由左或由右找出中心點。

（二）寬度的畫法：

　　先畫出物體上下的垂直長度，以量棒量出物體的寬度後，再與垂直的長度比較，如此便能畫出物體的寬度，如下圖：

測量棒的使用方法：

1.手要打直，不可彎曲。

2.眼睛最好與測量棒成一直線。

3.測量物體的長度與寬度時，量棒不要輕易移動。

（三）十字形畫法：

　　十字形畫法是在圖畫的中心點位置畫出十字形，以此當作物體的中心點位置，再向外畫出物體的輪廓。

二、由外向內畫法

　　這種構圖法是先畫出物體的輪廓，再畫出物體的內部特徵。例如畫「苦瓜」，先畫出外部的輪廓，再畫出苦瓜的細部。

　　再則，如大造型的「石膏像」，亦是先畫出石膏像外輪廓，再畫出眼睛、鼻子、嘴巴等細部。

A 物體垂直高度（已經畫出）

B 是用量棒比出物體的寬度，再以B為長度，對A的頂點點畫找，則是實際B的寬度

比例尺垂直

測量時手要打直

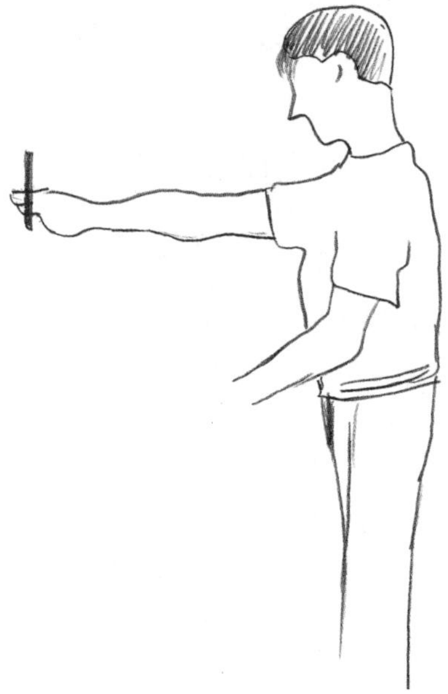

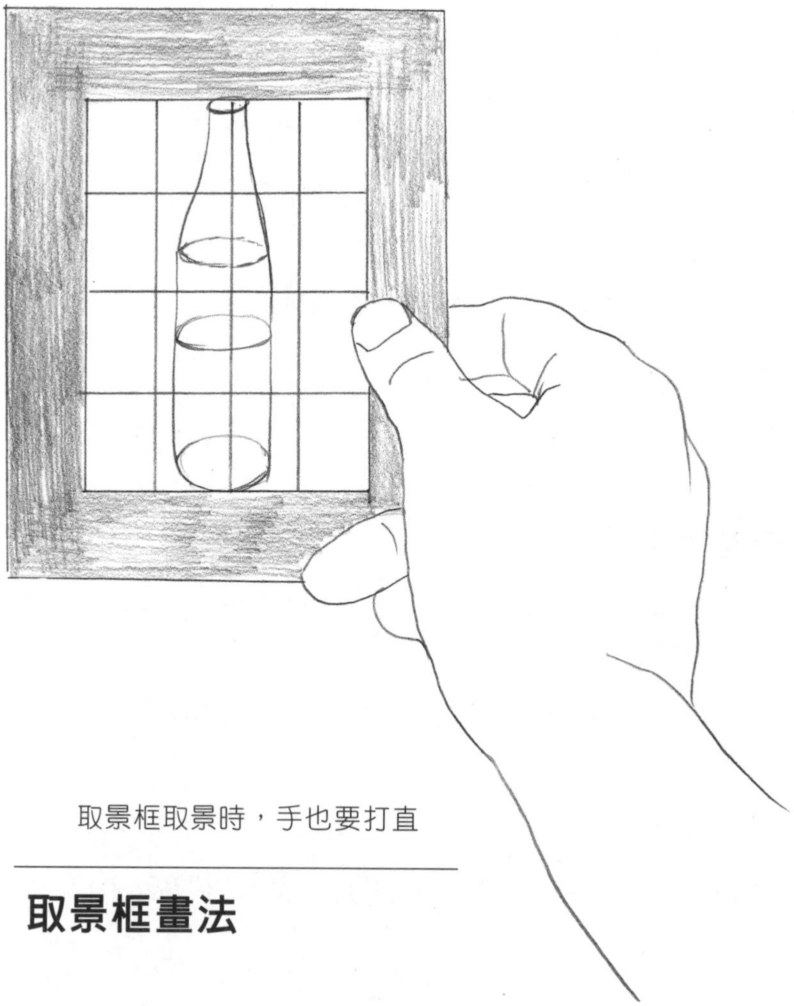

取景框取景時,手也要打直

取景框畫法

圓形光影角度練習

左邊是陰影，雖在同一方向右上角，但角度不同，陰影也就不同

光線在正上面，角度不同，陰影也就不同

右側光

正上光

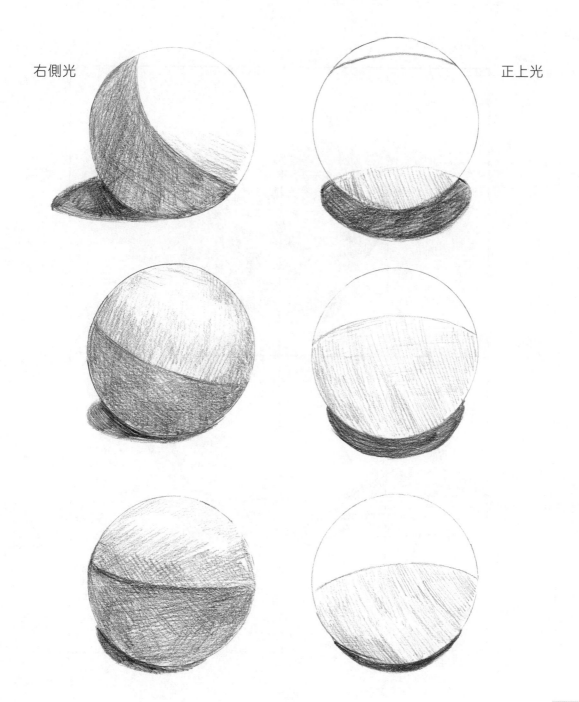

形體掌握方法 (1)

中心點比例法—找出物體的中心點，可以用取量框或量棒找出垂直線及水平線的1/2。

形體掌握方法（2）

　　輪廓畫法—必須正確畫出輪廓，這個方法是要靠多畫素描練習，不妨先從小的靜物開始練習。

形體掌握方法(3)

動態掌握畫法—先畫物體角度線，這方法先找出物體的最外頂點，先連接頂點，再畫出輪廓方法

第四章

◆ 基礎繪畫題材練習 ◆

圓形的畫法
初學素描不用圓規畫圖的步驟

方法一：十字形畫法

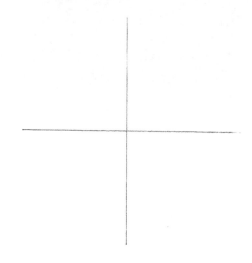

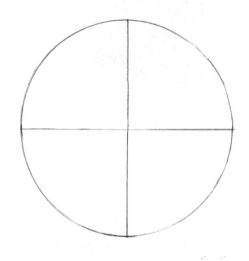

❶ 先取兩條同長的線，將相交點交叉於中心。

❷ 以鉛筆輕輕連接四個點，以鉛筆慢慢修正。

方法二：正方形畫法

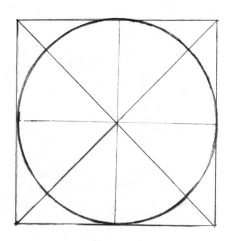

❶ 取四條同等長線，連接成四方形。

❷ 於四方形內畫出米字形，連接四個頂點，有耐心慢慢修正圓形。

圓形與橢圓的關係，圓形體其實由不同
橢圓所組成，本書後面將會更詳細的說
明。

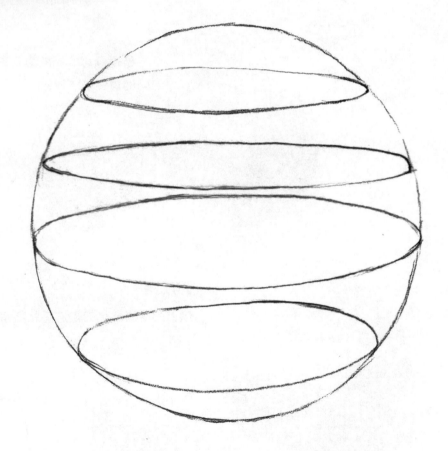

圓形與實物體明暗畫法

❶左邊圓形體的明暗可分為最亮、亮、中間調、暗調、反光及陰影。

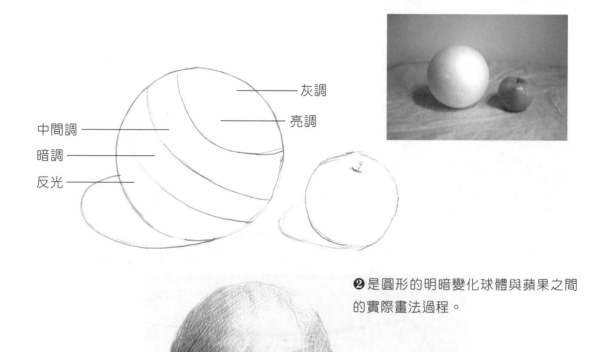

灰調
亮調
中間調
暗調
反光

❷是圓形的明暗變化球體與蘋果之間的實際畫法過程。

完成圖：

以上圖明暗變化的畫法將此圖完成。

初學者常應用的四種基本形

❶圓形：又稱為球體，應用最為廣泛，幾乎初學者對於所見圓的物體都可以使用圓形來畫出。

❷三角錐：三角錐可以和基本形相互搭配或單獨應用。

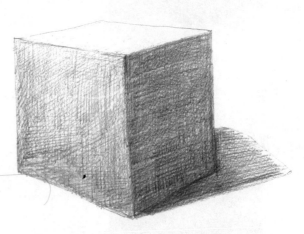

❸圓柱體：圓柱體和圓形一樣是常應用的一種基本形，例如瓶子就是經常使用的形體。

❹四方形：方形、圓形及圓柱體是常用的基本形，例如桌子、椅子類物體都可以用方形來畫出。

常見蘋果畫法

❶蘋果底部斜向左畫法，注意畫出凹處的深度。

❷蘋果斜側面畫法，注意由上而下將漸層明暗的感覺畫出來。

❸蘋果底部斜向右邊畫法，底部的反光及暗部要畫出來。

常見蘋果畫法

❶蘋果斜向右上畫法，如左圖把蘋果分為4部份，注意反光及亮部。

❷蘋果畫法分為四部份，注意左邊分解圖的明暗。

❸注意要將左圖的水果分為四部份，才能畫出立體感。

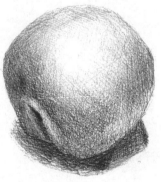

水果四角度練習畫法

下圖四個角度，由上而下的畫法是初學者需經常練習的繪畫角度，如前幾頁的畫法，讀者可試著畫出立體感。

❶

❷

❸

❹

水果三個角度練習

注意這三個水果的角度為由上而下，左圖是由不同面組成而畫出的立體。

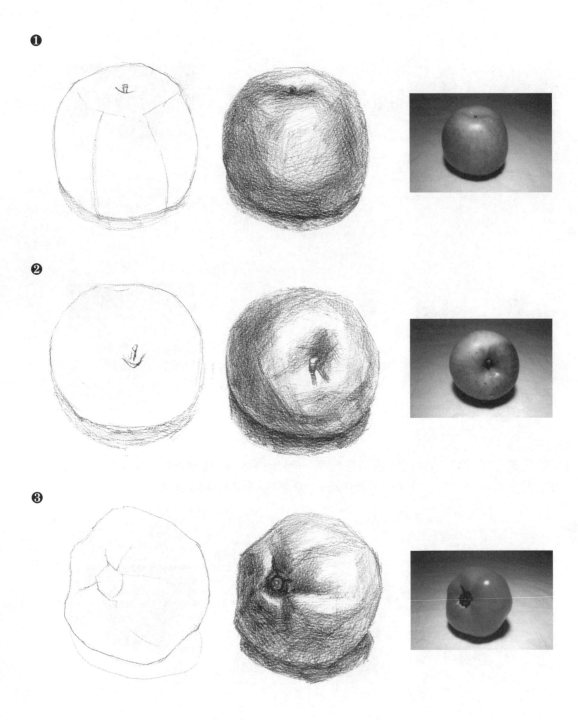

桃子與蕃茄

圖❶❷是描寫大桃子，畫時仍要注意左圖塊面的結構。

❶

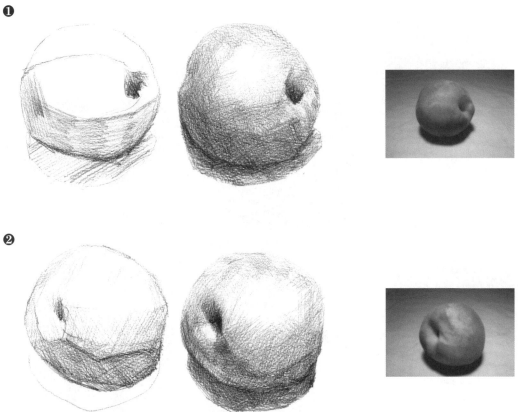

❷

圖❸則是蕃茄的畫法，冬天是蕃茄盛產期，因此喜歡畫畫的同學可以買大小不同的蕃茄來練習。蕃茄的面分的比較多，可以參考筆者畫蕃茄的塊面結構。

❸

袋子的畫法

袋子是日常生活中常見的物體，其結構如左圖四方形，同時陰影的部份和四方形的畫法相同。

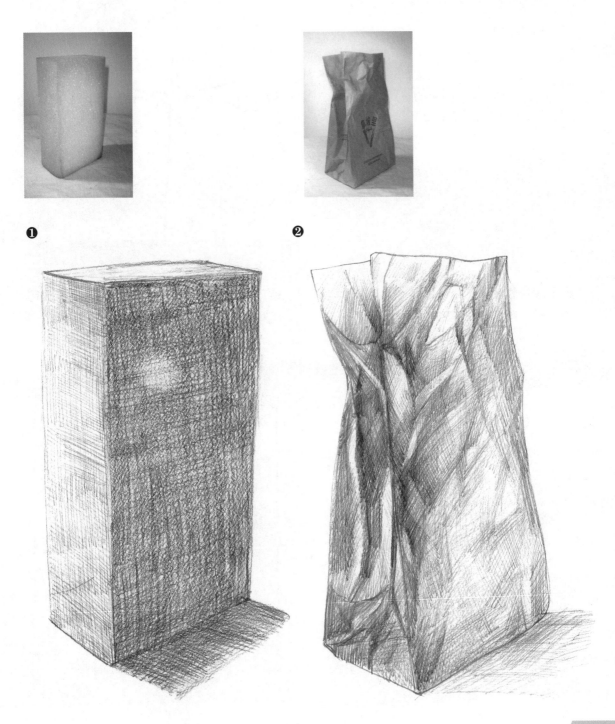

橢圓與圓形的關係

初學者應該對於圓形與橢圓有更進一步的認識：

❶圓形遠近變化：圓形愈靠近畫者則愈圓，

反之橢圓則愈扁。

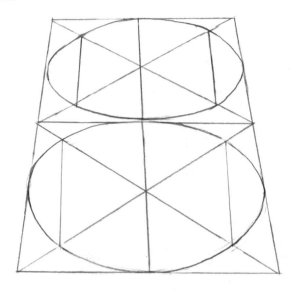

❷橢圓正面就是圓形，也就是我們正面看
的圓形，若距離遠一點則會變成橢圓。

❸八點畫圓法：在正方形的四角及四邊等
距離連接可畫出一個圓形。

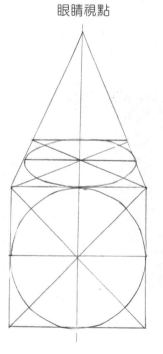

眼睛視點

正面看橢圓

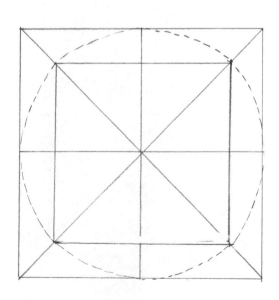

圓柱體與橢圓關係

透視圖❶❷，可以瞭解圓柱體與圓形的關係，使讀者更進一步瞭解不同圓柱體畫法的變化。

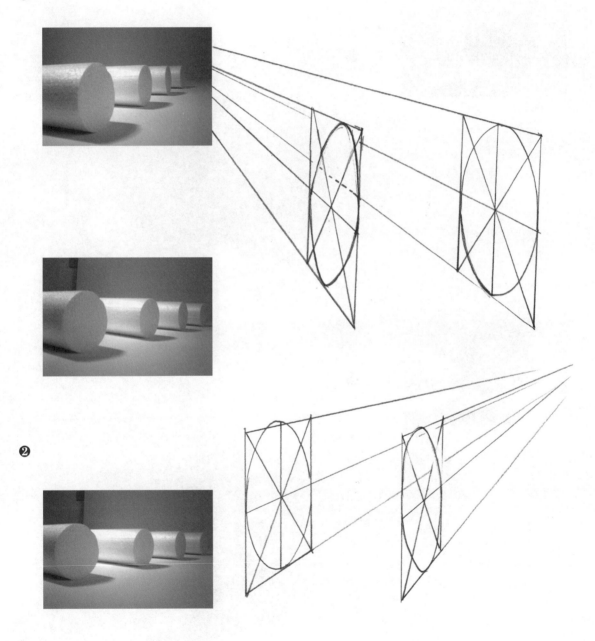

❶

❷

橢圓與瓷器瓶口的實例畫法

圖❶❷❸❹四個不同的瓶口角度，每一個角度的變化，畫出的瓶口就有差異。

 ❶

 ❷

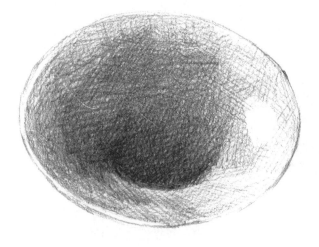

橢圓與瓷器瓶口的實例畫法

圖❶❷❸❹中作者以實際照片當例子，配合畫法，讓讀者更清楚知道如何畫出橢圓。

❸

❹

四個不同開口的畫法

圖❶是一個茶杯的畫法：應用圓柱體的方法畫出。

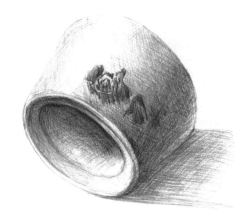

圖❷是一個普通茶杯的畫法：應用橢圓形的方法畫出。

圖❸則是一個箱子側面打開的畫法：應用四方形體的方法畫出。

小水甕的畫法

照片❶❷❸❹為不同小水甕的角度。

❶

❷

小水甕的畫法

圖❶❷❸❹中這四個甕，上下左右不同的角度，同樣是運用橢圓及圓柱體的方法畫出。

❸

❹

練習幾種不同形狀的瓶子

初學者對於不同瓶子的形狀當然除了觀察以外，仍然必需要嘗試練習，圖❶❷的結構及不同瓶子的結構，其實都是圓柱體的延伸。

❶

瓶口不同高度

❷

不同形狀瓶子與水果練習

圖❶❷❸為不同形狀的瓶子與水果。

❶

❷

❸

不同形狀瓶子與水果練習

初學者除了觀察其基本外形外，還要注意光線來源，掌握陰影的變化。

物體與構圖的大小

圖❶❷❸❹中我們一般初學者對於一件物品的構圖通常會放在桌子的左邊、右邊、上邊、下邊。

❶　　　　　　　　　　　　　　　❷

❸　　　　　　　　　　　　　　　❹

物體與構圖的大小

圖❶❷❸❹中我們一般初學者對於一件物品的構圖通常會放在圖畫紙的左邊、右邊、上邊、下邊，這時候會有各種不同的情況，但其中的❸圖為單一物體，將其放在圖畫紙中間比較適合。

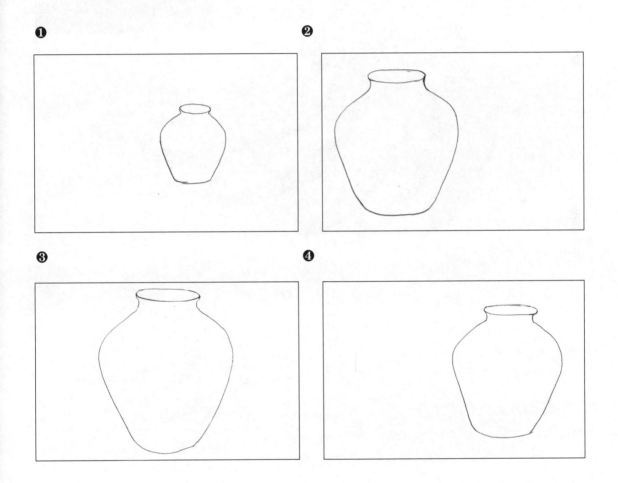

香蕉的畫法

香蕉是常見的水果，如果初學者稍微沒有耐心則容易畫不好而失去信心，這時候可以先畫出香蕉的結構，這樣比較容易畫出來。

完成圖

❶

❷

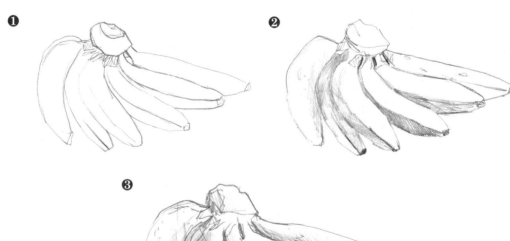

❸

不同角度葡萄的畫法

圖❶❷❸❹❺❻中有各式各樣不同角度的葡萄，一般喜歡畫畫的人可以依照不同角度來擺設，不同角度其造型也不同。

不同角度的葡萄實際畫法

如上頁不同角度的葡萄照片中，筆者實際畫出素描，將來若讀者有機會畫葡萄時可以當參考。

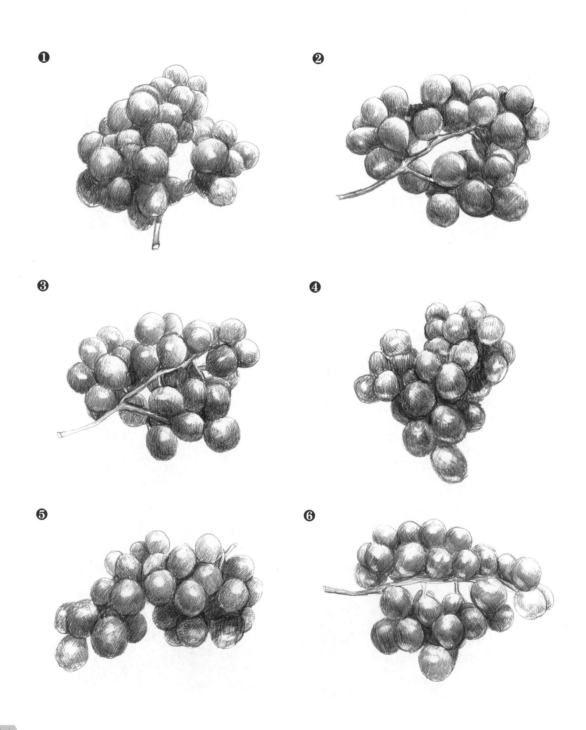

❶   ❷

❸   ❹

❺   ❻

認識圓錐體光線的變化

圓錐體的光影左上、右上、左下、右下各有不同的光線,左上角的錐體光源為右側方向光,右上角椎體為左側方向光,左下錐體為正面光,右下錐體為背光,錐體與圓柱體之間造型明暗畫法是有些類似,只不過錐體的頭部造型較尖。

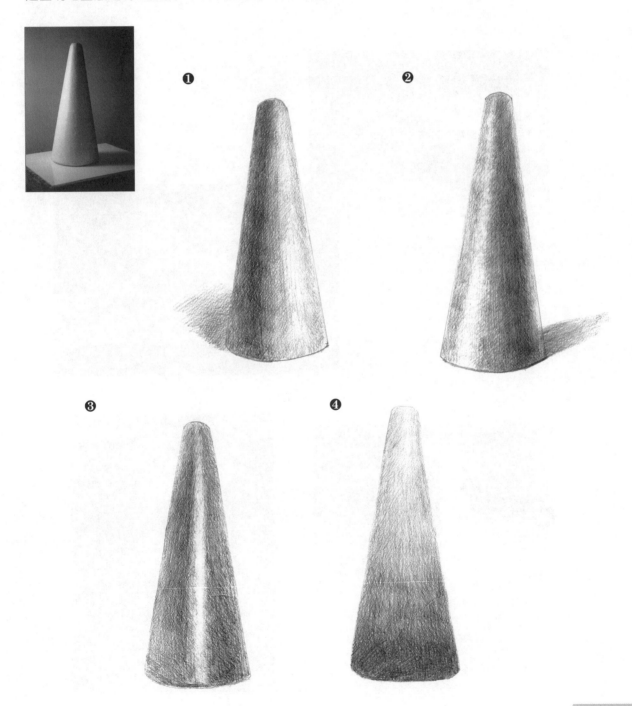

長方形的造型應用

長方形的造型應用也是一般素描畫者時常用到的形狀，圖❶❷❸❹為長方形的基本模型與畫法，下頁則為立體長方形、鮮奶實例畫法。

❶

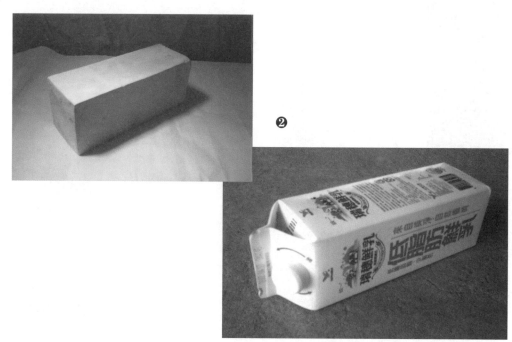

❷

❸

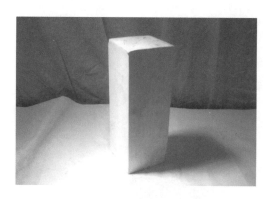

❹

立體長方形鮮奶實例畫法

圓❶❷❸❹為立體長方形、鮮奶實例畫法。

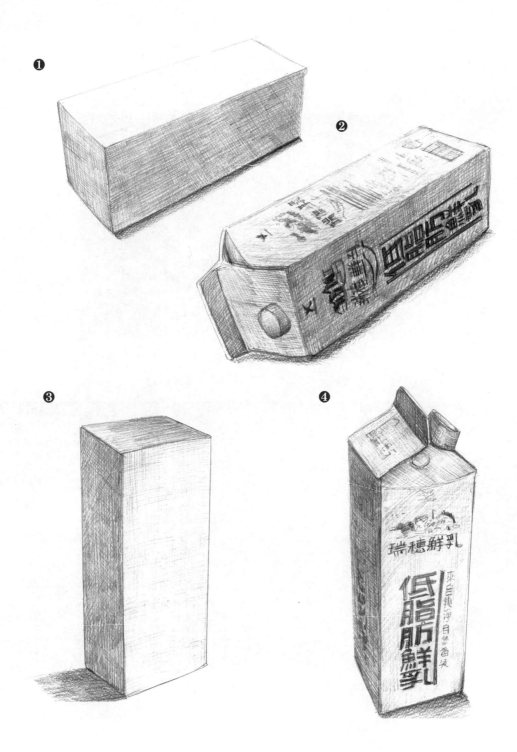

球體的排列與光線變化

照片❶由圓形排列組成，照片❷❸❹則是由圓形排成一直線。

❶

球體的排列與光線變化

圖❷❸❹中都是由圓形排成一直線，可是因為光線的方向不同，也造成不同的陰影，這個練習是要讓初學者對於空間與陰影有著更進一步的認識。

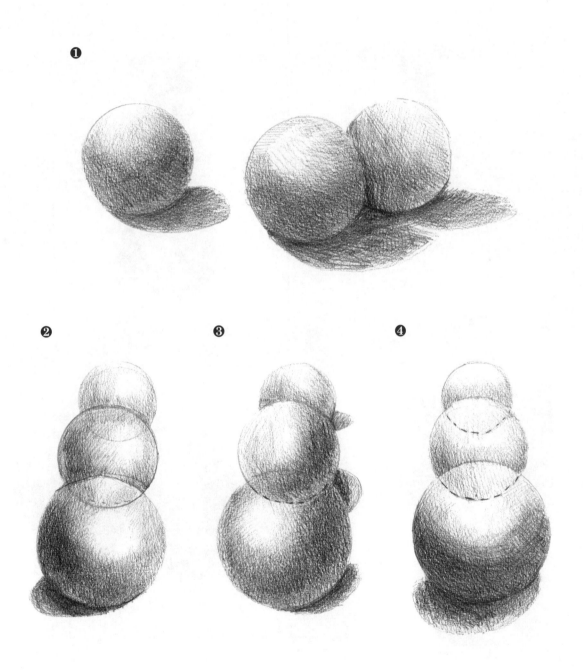

❶

❷ ❸ ❹

認識構圖常犯毛病

圖❶❷中這幾張照片,每一張的構圖都有其缺點,如圖❷排列太過於橫向、整齊,圖❶則是直線排列也不夠活潑。

❶

❷

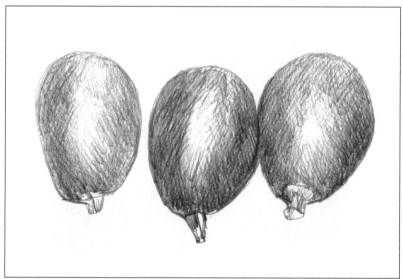

認識構圖常犯毛病

圖❸❹中這幾章照片，每一張的構圖都有其缺點，圖❸太規矩，而圖❹這一張則太過呆板。

❸

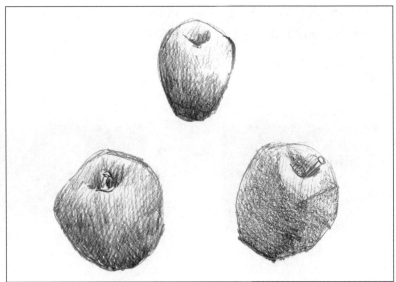

❹

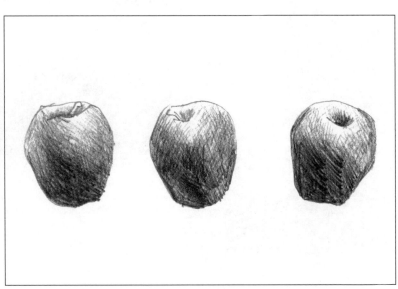

初學者蘋果的排列練習

水果的練習對於初學者而言,可以說是最簡單的靜物練習,而蘋果是最常見不易腐壞的水果,因此初學者可以常拿來練習;構圖則有著各種不同的可能性,筆者將在這幾頁當中排列幾種構圖,提供給讀者作為參考。

初學者對於各種蘋果的實際練習(一):

這頁當中有多個蘋果,從一個、兩個、三個不同組合的蘋果實際練習,透過這樣的練習,如果將來要再畫複雜一點的靜物就容易多了。

❶

❷

初學者對於各種蘋果的實際練習（二）：

這一頁仍然由不同構圖的蘋果組合而成所畫的素描，其中左邊四個蘋果，讀者畫時注意四個蘋果朝著不同的方向，構圖才會更活潑。

❸

三個蘋果的畫法

圖❶首先畫出蘋果的塊面，最好是用斜筆畫比較容易。

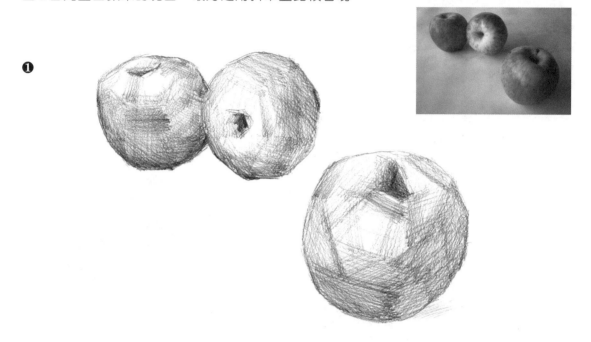

圖❷再慢慢重疊，畫出蘋果立體感，蘋果蒂的凹陷部份加深顏色畫出，就會有蘋果的立體感。

球形與蘋果練習

圖❶這個練習主要是讓初學者瞭解球體與蘋果的相似處。

❶

圖❷球體明暗和蘋果明暗表現其實是一樣的，初學者不妨參考

畫法。

❷

初學者大球與小球的練習

圖❶小球與大球練習對一般初學者而言是最基礎的練習，經由這樣的練習了解蘋果練習和大球練習是一樣的。

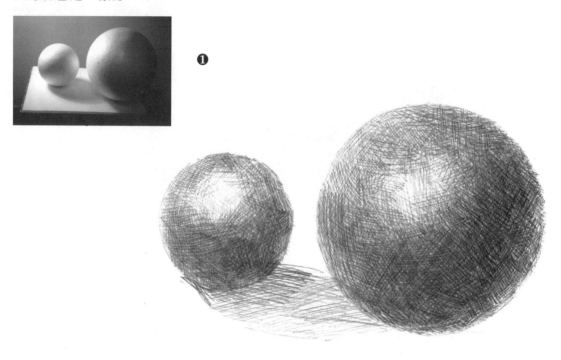

❶

圖❷注意球體的明暗變化，暗部份的道理為可以加暗使其明暗變化更加明顯，也更有立體感。

❷

四個球體光線變化的認識，對於描繪圓形物體有相當的助益

圖❶是左面光線，由左邊往右的投射變化。

圖❷是正前光，光線由正前光投射。

圖❸頂上光的光線變化，光線由上面投射。

圖❹是右上方光線的投射。

球體與水果光線變化練習

圖❶：為右上光圓形體與蘋果練習。

圖❷：為左上光圓形體與蘋果練習。

圖❸：為頂上光的圓形球體與蘋果練習。

認識光線與物體關係，觀察幾何形體光線變化

圖❶為頂上光：光源從上面投射下來。

圖❷為背面光：光線從背面照射過來。

圖❸為前面光：光線從前面照射。

圖❹為側面光：光線從側面照射。

圓形立體球體與橢圓輪胎畫法

圖❶是一個立體球形，注意球體上面五角形透視。

圖❷則是接近橢圓形的輪廓，先畫橢圓形輪廓，接著再細部描繪出車輪整體結構。

❶

❷

圓柱體與椎體的畫法

圖❶為右邊圓柱體的透視，圓柱畫法和日常生活中的應用息息相關，下頁將有更實際的介紹。

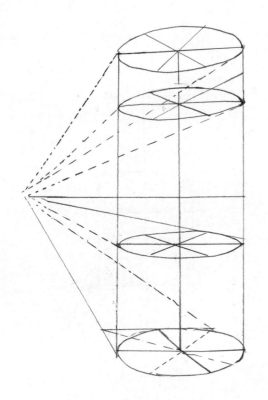

圖❷為角錐體畫法：角錐體透視圖是由幾個不同橢圓形所組成。

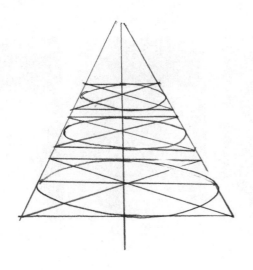

圓椎體與瓶子的畫法

圖❶為圓椎體的構造，而圓椎體是由幾個不同的橢圓組合而成。

視點愈高，橢圓愈小

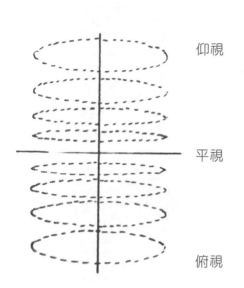

仰視

平視

俯視

$\dfrac{1}{2}$

圖❷A、B、C、D則是使用不同玻璃瓶子的角度，來顯示出其實畫瓶子和畫橢圓的道理是相通的。

A

B

C

D

花瓶的結構畫法

圖❶是花瓶結構大塊分解圖。

圖❷則是花瓶小塊分解圖，由右而左細分，初學者可以瞭解到畫時每一塊物體結構，如此畫起來更得心順手。

花瓶的結構

繼上頁，圖❶花瓶的結構可以分解成A＋B＋C＋D，組合則變成花瓶的整體。

A

+

B

+

C

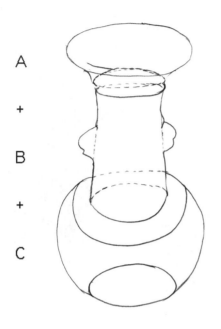
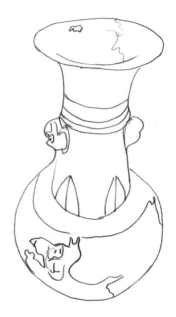

圖❷則是可以看出花瓶的組合透視分解圖。

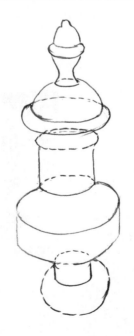

酒瓶的畫法

圖❶❷❸酒瓶有不同角度的畫法，初學者應嘗試練習，酒瓶與橢圓柱體之間有著如前面介紹密切的關係。

三個酒瓶實際練習

圖❶❷❸中這三個酒瓶有不同角度的單獨畫法，請初學者利用P.53與這頁練習，即可一目了然。

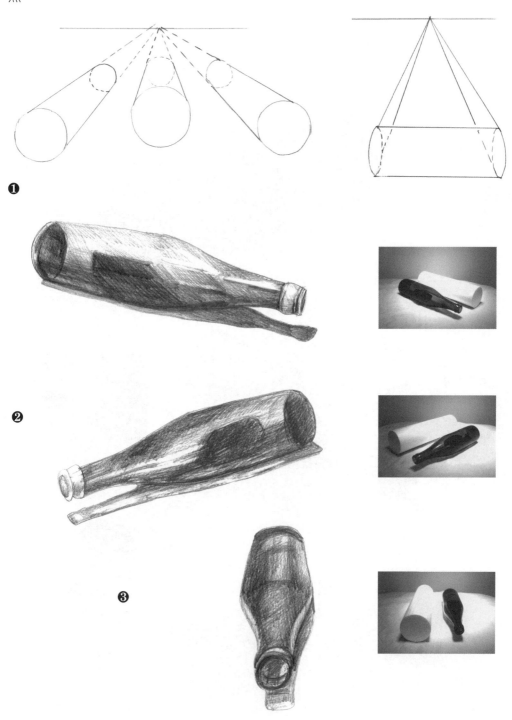

❶

❷

❸

初學者圓柱體練習

圖❶❷❸不同角度的圓柱體練習是初學者必需學習的，如此對於畫類似的圓柱體有實際上的幫助。

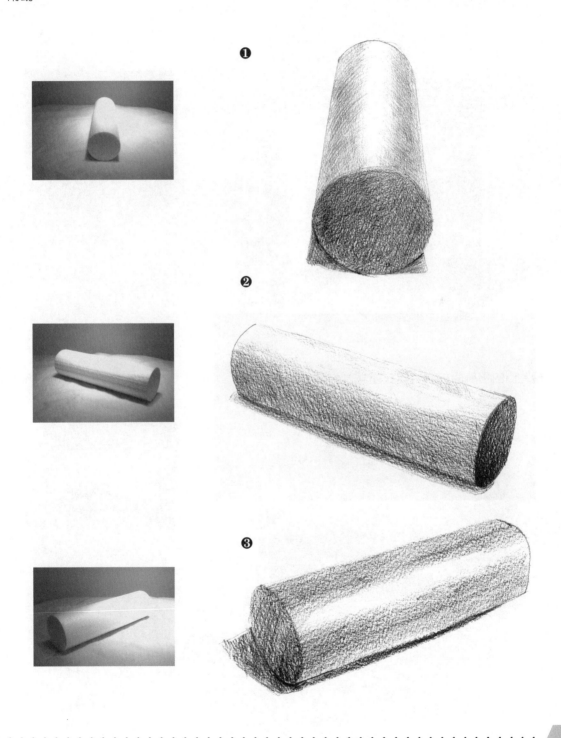

圓柱體與罐子

圖❶為圓柱體的圓形罐子,左邊為直立圓柱體石膏示範,右邊為直立瓶子實際畫法。

圖❷為倒的平躺圓柱體,圓柱體與圓形瓶子實際畫法。

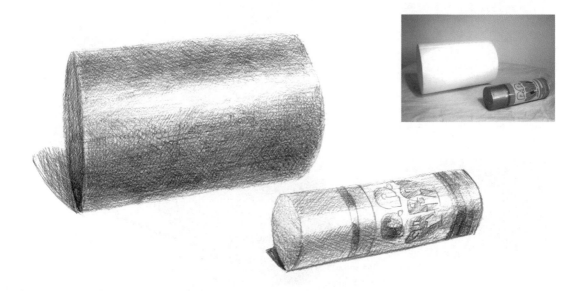

木瓜的畫法

圖❶❷❸畫出不同角度的木瓜，可以參考圓柱體形狀繪畫。

❶

❷

❸

一盤蕃茄的畫法

圖❶❷❸三圖為三盤蕃茄，雖然盤子擺設相同，但旁邊蕃茄的排放位置不同，初學者可以自己將水果放不同的位置畫畫看。

❶

❷

❸

花瓶與水果的練習

初學者可以用一個家中簡單的花瓶，同樣把旁邊水果位置調換，如此可以畫出不同形式構圖。

花瓶與水果的練習

初學者可使用二個家中不同形狀的花瓶，同樣把旁邊水果調換位置，如此可以畫出不同構圖。

花瓶與水果實物構圖練習

圖❶❷❸❹❺中的幾張照片可以清楚看出不同的靜物構圖變化。構圖中的物體太大或太小都不好，太疏太密也不適合，但這些都必需要讀者自己排排看，並且實際於畫紙上構圖。

初學者觀察不同角度方形

下列有四個不同方形，方形有不同角度，觀察每一個方形不同角度，其實也就是在訓練每一位初學者畫方形時實際的訓練。

❶

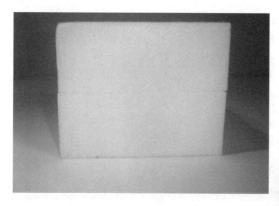

❷

❸

❹

四方體的素描練習

觀察完上頁的立方體模型後，自己實際練習看看四方體的每一角度及陰影變化。

❶

❷

❸

❹

直立方體的分解圖

圖❶❷❸❹這四個立方體由左而右,由上
而下,初學者認識這些立方體後,相信對
學習立方體靜物將有所助益。

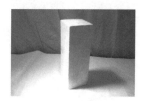

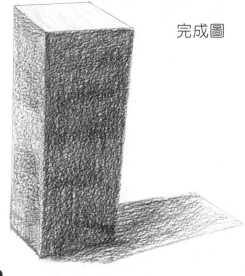

完成圖

❶

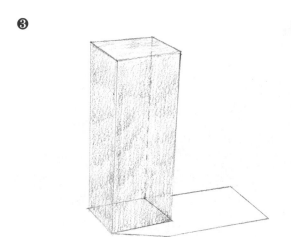

❷

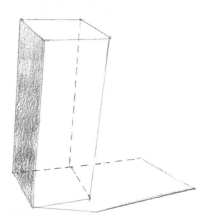

❸

❹

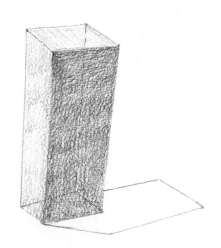

長方形的畫法

長方形的畫法由左而右,由上而下,使用
四個步驟畫出四方形;這四個步驟加上影
子,可以完整畫出四方體。

完成圖

❶

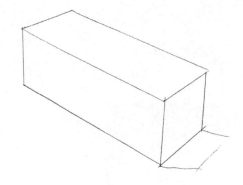

❷

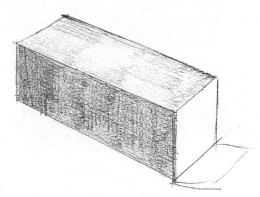

❸

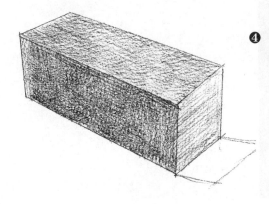

❹

六角形體與八角形體的畫法

圖❶六角形體：左邊為六角形體由上而下的步驟，可以畫出六角形體。

圖❶八角形體：右邊為八角形體由上而下的步驟，可以畫出八角形體。

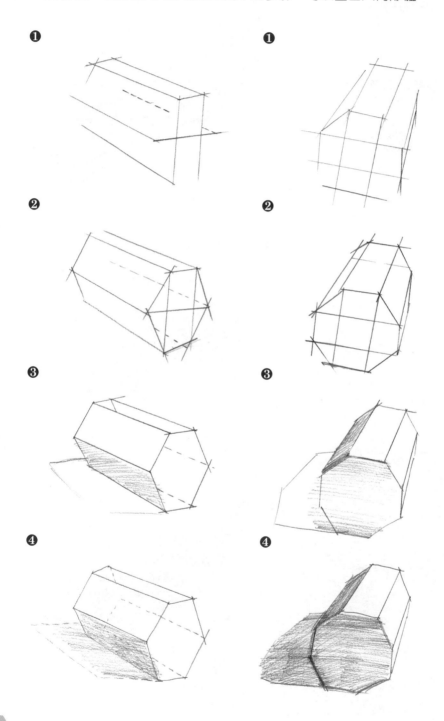

圓柱體的畫法

左邊與右邊兩個不同圓柱體形狀畫法，方法雖不相同，但是畫橢圓的方法是相同的。

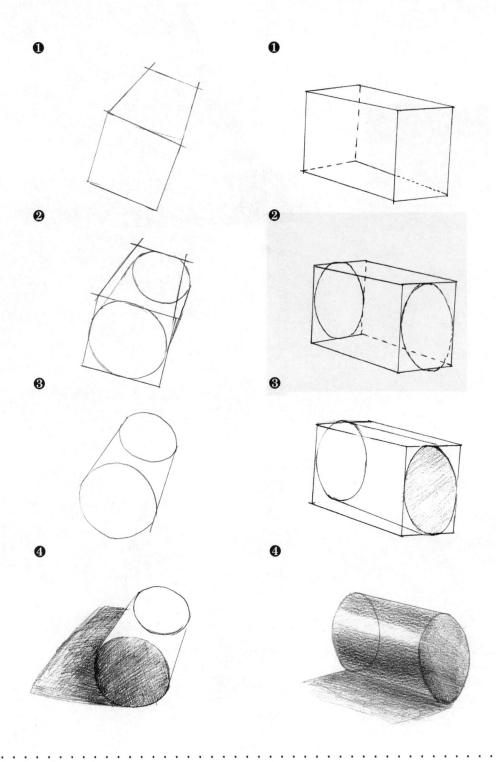

四角錐形體畫法

四角錐形體由左而右先畫出梯形形狀，再
依序畫出角錐的形狀。

完成圖

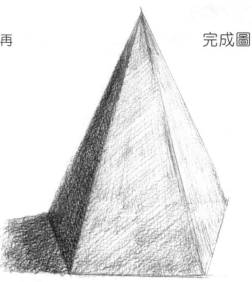

❶

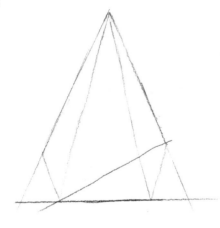

❷

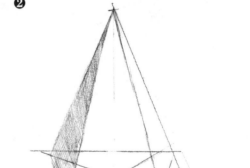

❸

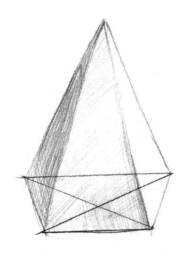

❹

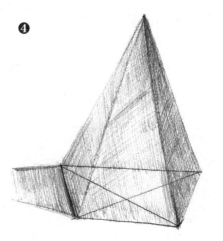

三角形體與倒的三角形體畫法

左邊是正三角錐形畫法，而右邊則是倒三角錐形畫法。

❶

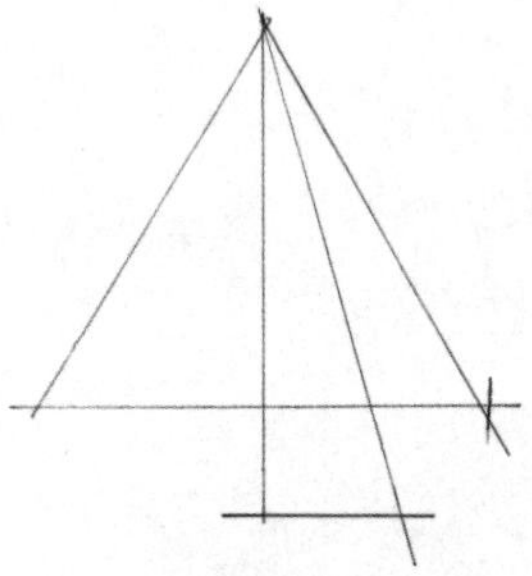

❶

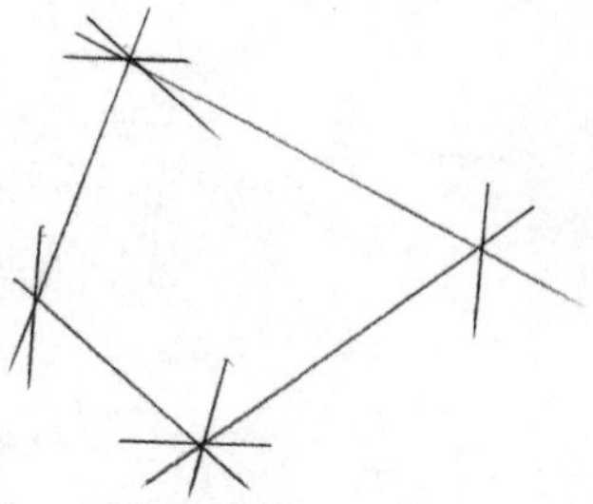

❷

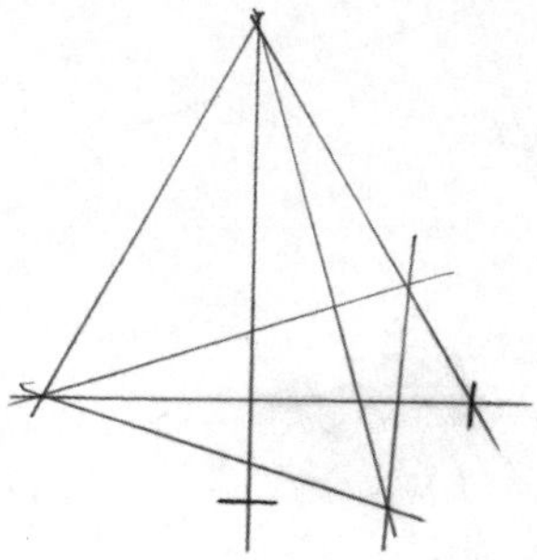

❷

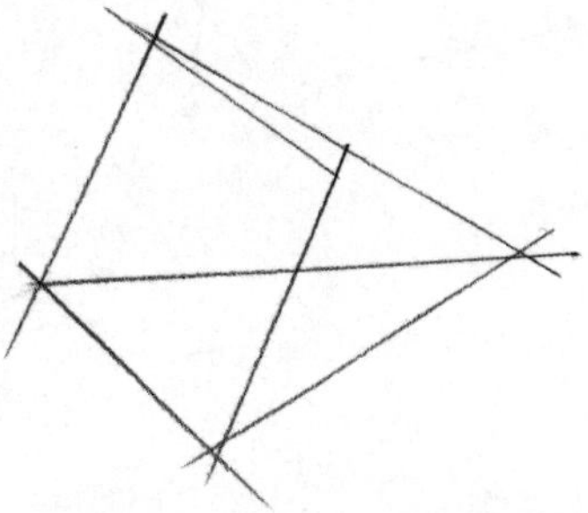

❸

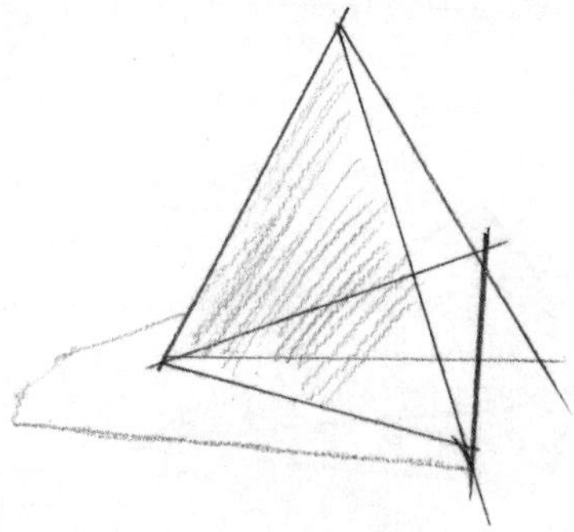

❸

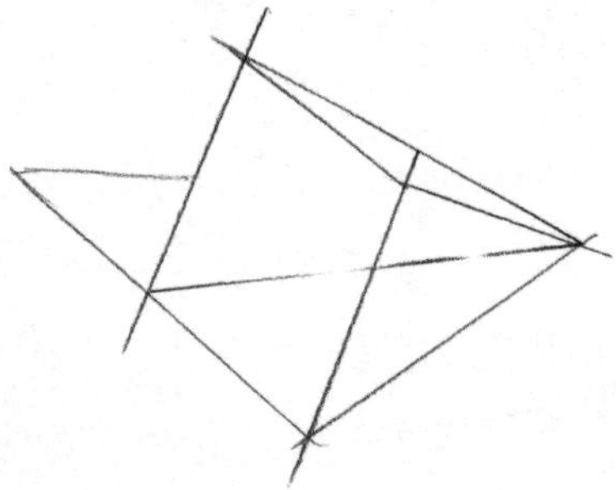

❹

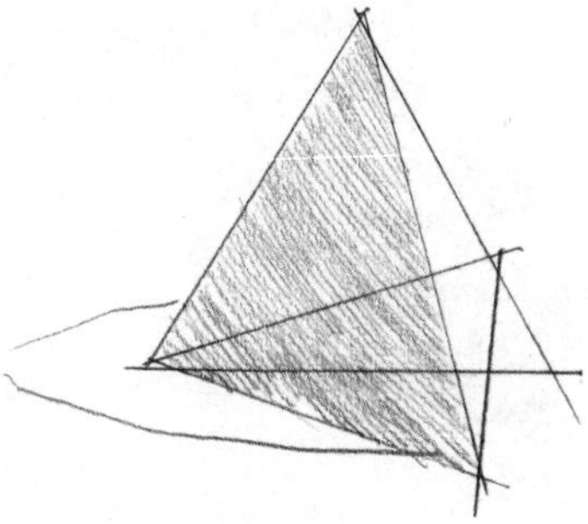

❹

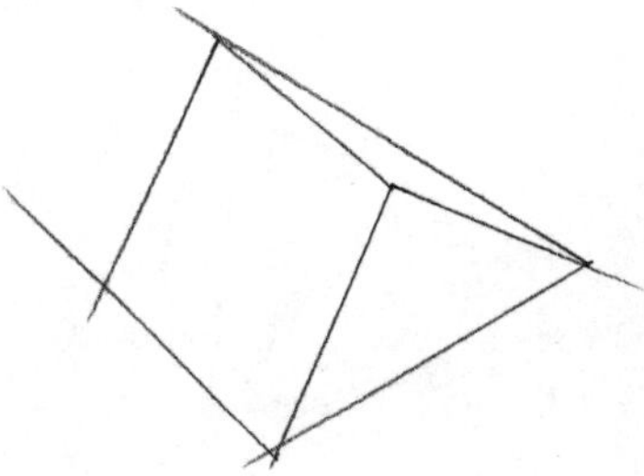

圓形錐及六角錐體畫法

左邊為圓錐形的畫法。右邊為六角錐形畫法。

❶  ❶

❷ 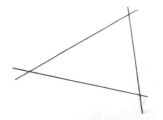 ❷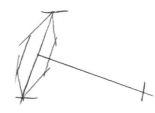

❸ 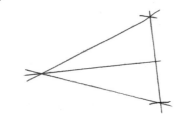 ❸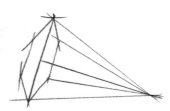

❹ 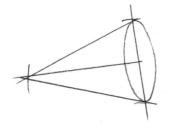 ❹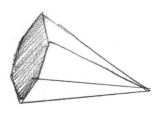

❺ 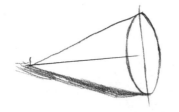 ❺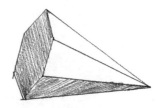

各柱形狀的立體分解圖

此頁當中有六種不相同卻常見基本形的分解圖，瞭解這些分解圖，可以讓我們更清楚知道
這些基本形，才能更準確的將形狀畫出來。

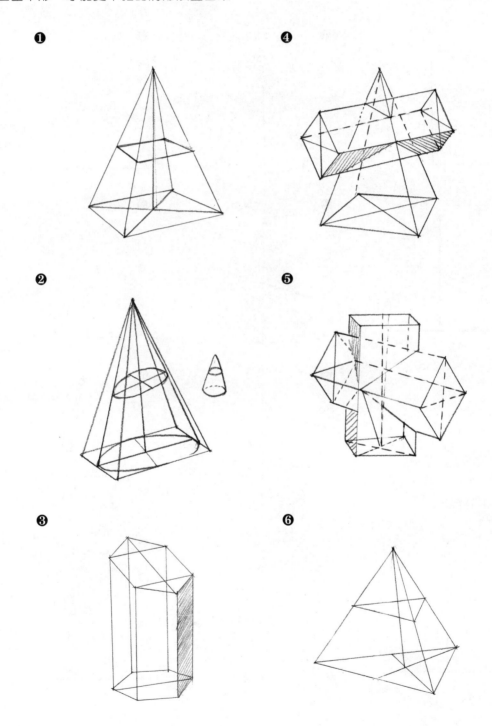

❶

❹

❷

❺

❸

❻

錐體形狀分解圖

此頁為錐體角錐體形狀分解圖，每一種形狀分解圖的畫法，由上而下，步驟清楚，可供讀者參考。

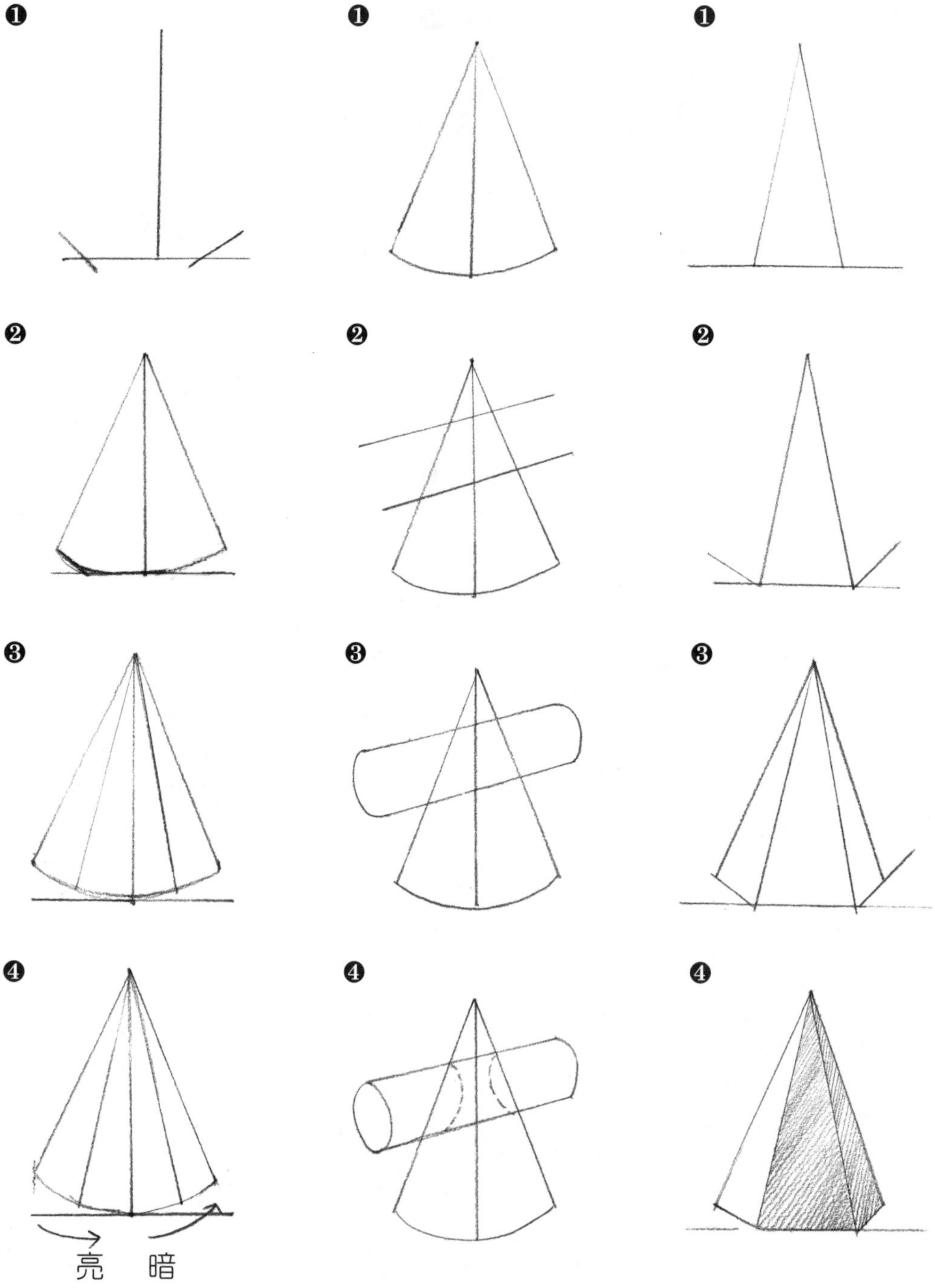

❶

❶

❶

❷

❷

❷

❸

❸

❸

❹

亮　暗

❹

❹

12 面形的畫法

12面形是比較難畫的畫法，一般而言12面形是屬於練習塊面的最好題材，初學者需注意光源，並且把一面形狀的明暗畫出來。

完成圖

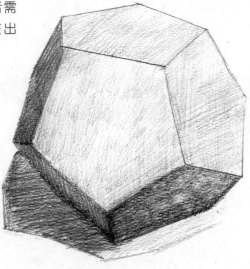

❶

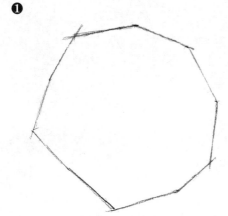

❷

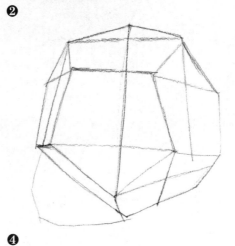

❸

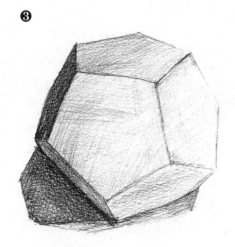

❹

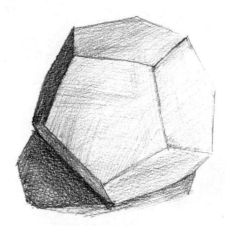

幾何形的畫法

這個幾何形畫法是由圓錐體與圓柱體兩種
結合而成，初學者如果練習過前面兩種形
狀，再來畫此幾何形就不會太難。

完成圖

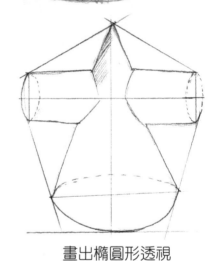

❶

❷

畫出橢圓形透視

❸

❹

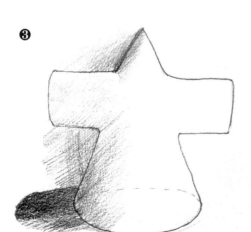

角錐體的畫法

角錐體是由三角錐面體與四方形體組合
而成的幾何形，所以初學者把三角錐面
體與四方形體兩者多加練習，便可以畫
出此形體。

完成圖

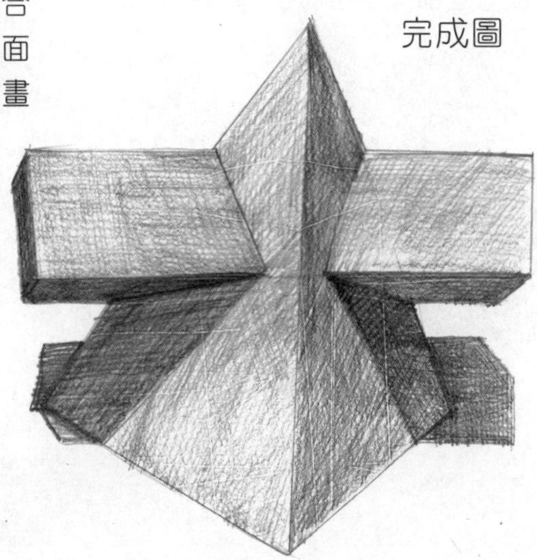

❶

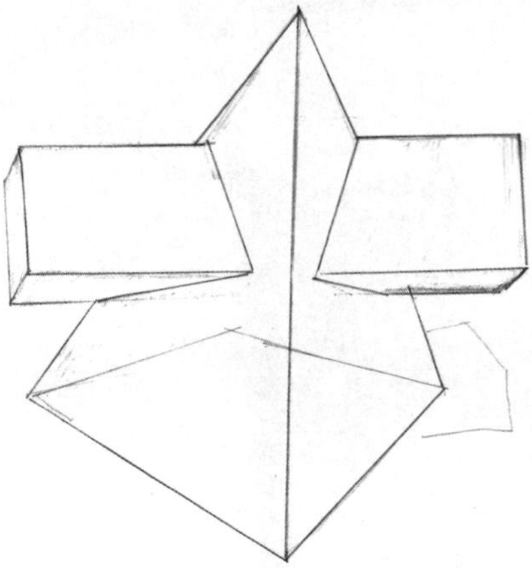

❷

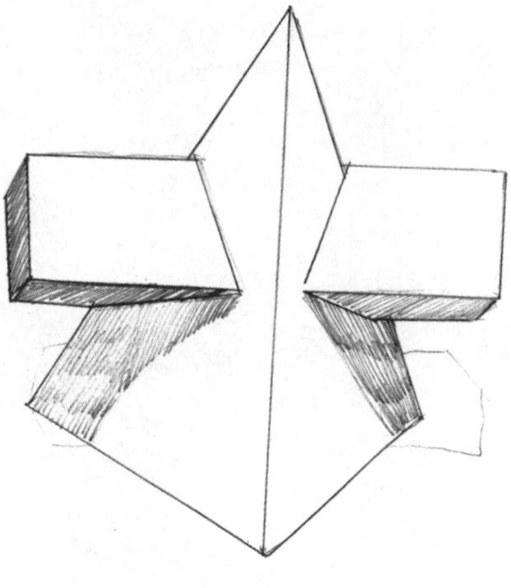

❸

❹

八面體的畫法

畫時注意每個面的大小透視比例，及光線的變化。

完成圖

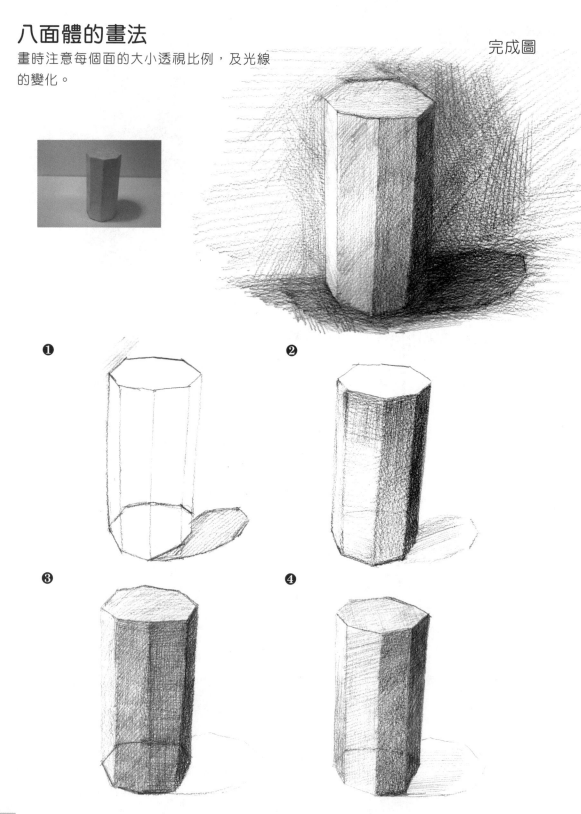

❶

❷

❸

❹

十字立方體的畫法

需注意此十字立方體由兩個立方體交叉組
成，這樣此種形體就不難畫了。

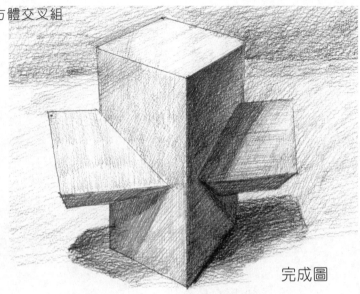

完成圖

❶

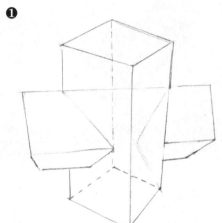

❷

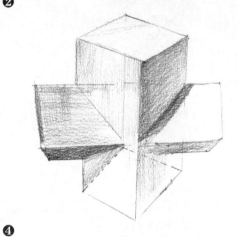

❸

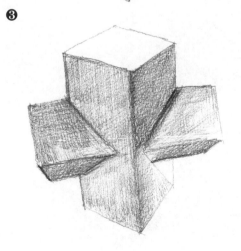

❹

斜圓錐體的畫法

這是圓錐體切斜面的形狀，注意斜面部份的透視為一個橢圓形。

完成圖

❶

❷

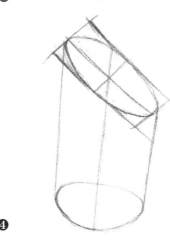

❸

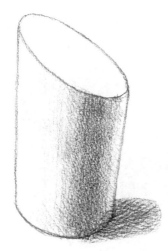

❹

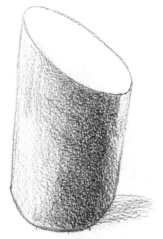

倒的六面體畫法

畫時注意六面體的透視，及六面體每一面的明暗。

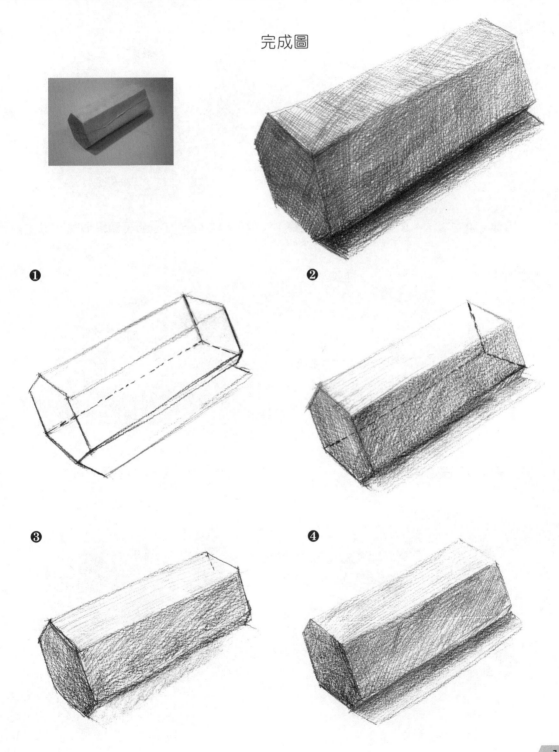

完成圖

❶

❷

❸

❹

圓形蘋果的畫法過程

圓形蘋果和前面畫圓形球的原理是一樣的。

完成圖

圖❶：筆觸畫法，重疊畫法。　　圖❷：注意筆觸方向，左右順著蘋果形狀來畫。

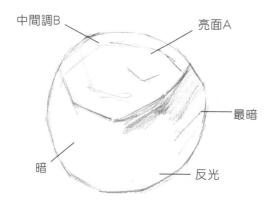

中間調B　　　　亮面A

最暗

暗　　　　反光

圖❸：筆觸方向重疊兩次。

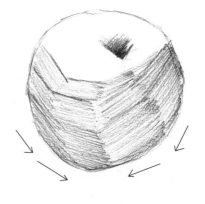

圖❹：再加筆觸方向兩次。

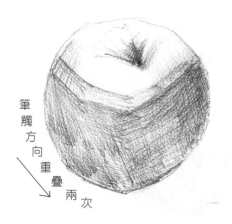

筆觸方向重疊兩次

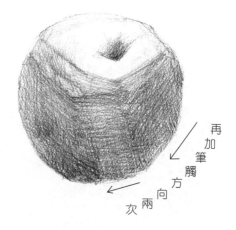

再加筆觸方向兩次

兩個不同方向的蘋果畫法

兩個不同的圓形蘋果是由交叉的筆觸描繪而成，畫時注意交叉的筆觸。

❶

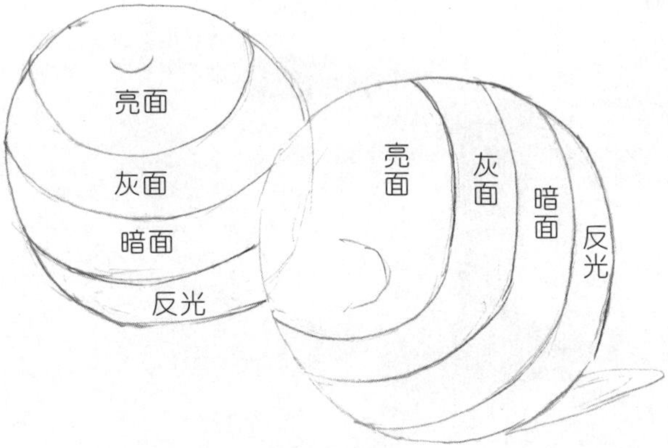

亮面

灰面

暗面

反光

亮面 灰面 暗面 反光

❷

完成圖

兩個餅乾盒畫法

餅乾盒子為立體四方形，兩個不同角度的畫法同樣都要注意字體的透視。

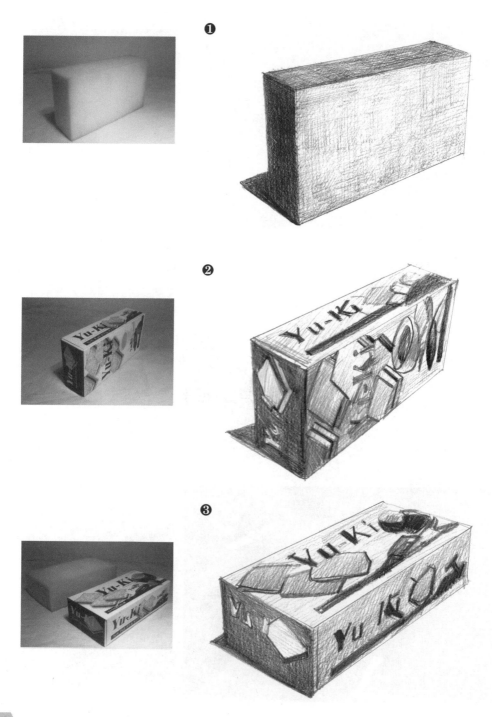

四方體的畫法

畫時注意四方體的透視，及四方體每一面的明暗。

完成圖

❶

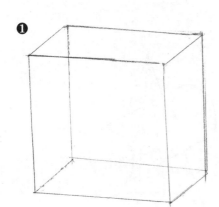

❷

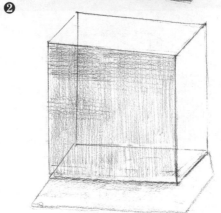

❸

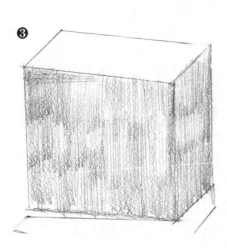

❹

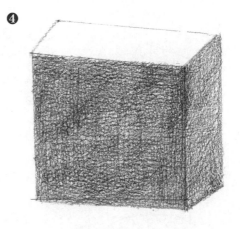

基本形的結構分析

初學者瞭解這個基本形結構，才更能夠對
於描繪形狀隨心應用。

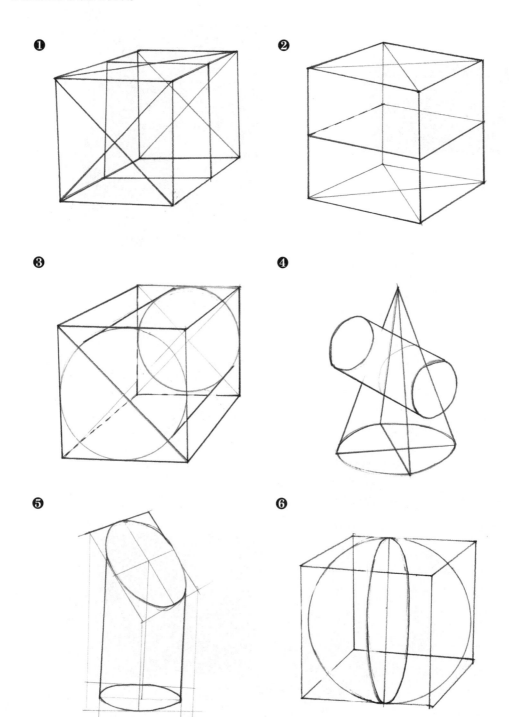

大碗與小蕃茄

這樣畫圖中的大碗和小蕃茄，是為了告訴初學者大碗與小蕃茄的陰影部份不要畫太暗，否則容易造成空間感不清楚。

青椒的畫法

青椒的體積形狀類似多邊形。

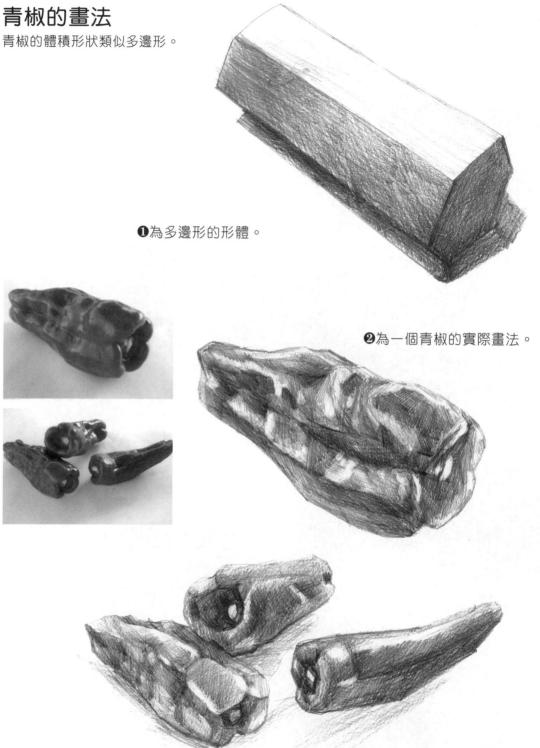

❶為多邊形的形體。

❷為一個青椒的實際畫法。

❸是三個青椒不同角度練習。

立方體的不同角度練習與畫法（一）

照片❶❷❸為三個不同角度立方體的透視練習。

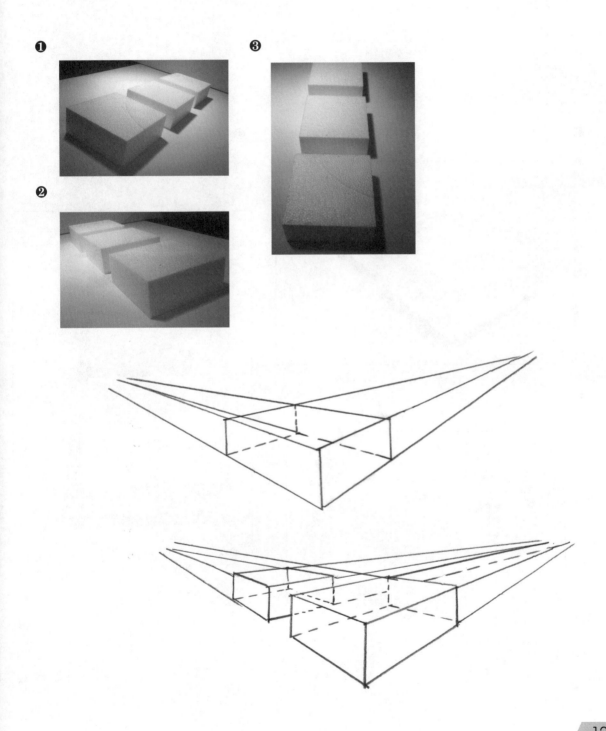

❶

❸

❷

立方體的不同角度練習與畫法（一）

圖❶❷❸除了瞭解透視外，也能更進一步
瞭解如何畫四方體。

❶

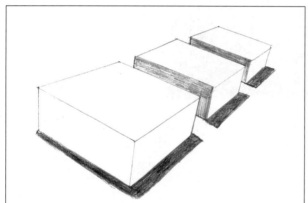

❸

❷

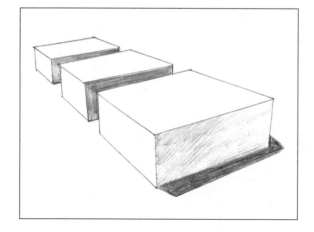

立方體的不同角度練習與畫法（二）

繼上頁，這是直立的立方體，讀者從此頁可以觀察直立立方體因角度的不同，陰影也不相同。

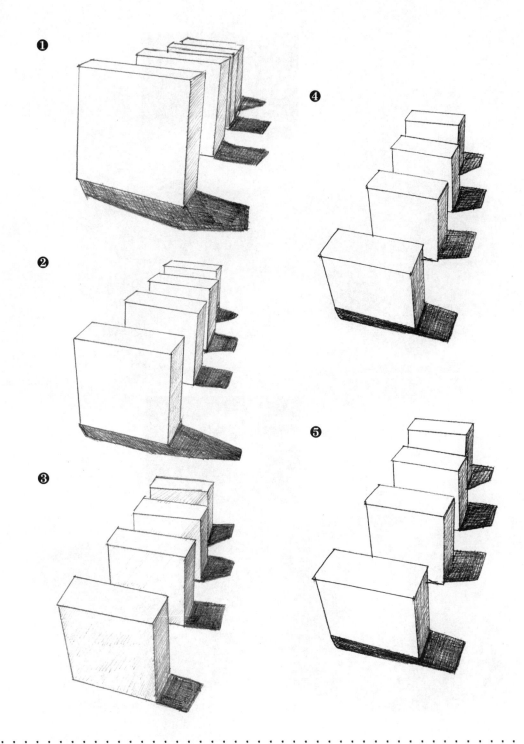

圓柱體與杯子

杯子的基本形畫法原理與半圓柱體相同，初學者若先瞭解圓柱體形畫法，再畫杯子的形體就不難了。

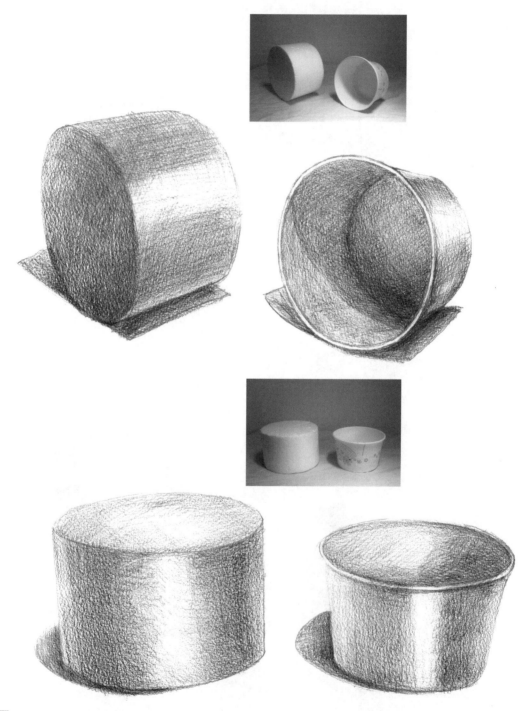

3/4圓柱體與木瓜剖開面

3/4的圓柱體與3/4的木瓜，大小形狀的畫法原理近乎類似，明暗塊面也幾乎一樣。

如何畫剖開形 A、B、C三面明暗不同

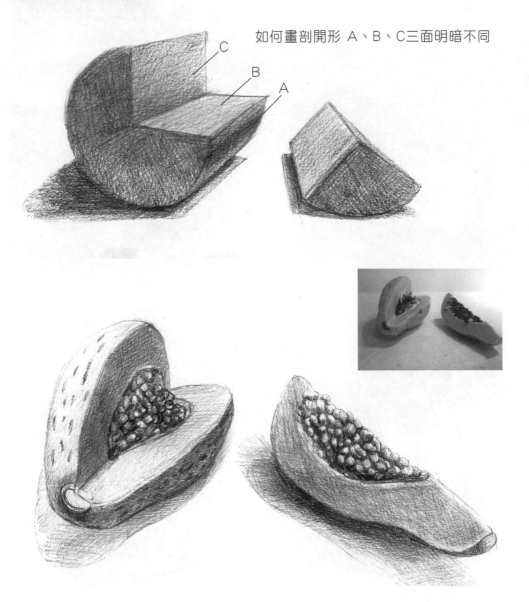

四方體與袋子的畫法

此頁透視圖與袋子的造型畫法原理相同，要畫袋子前先畫出袋子透視圖，再依次畫出袋子的折紋就容易多了。

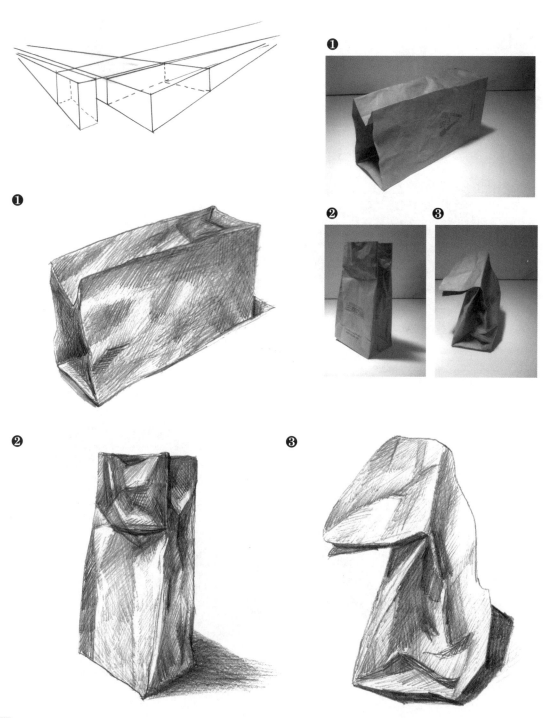

倒的袋子與四方體

倒的袋子和上頁四方體所運用的原理相同，可參考四方形的畫法即可。

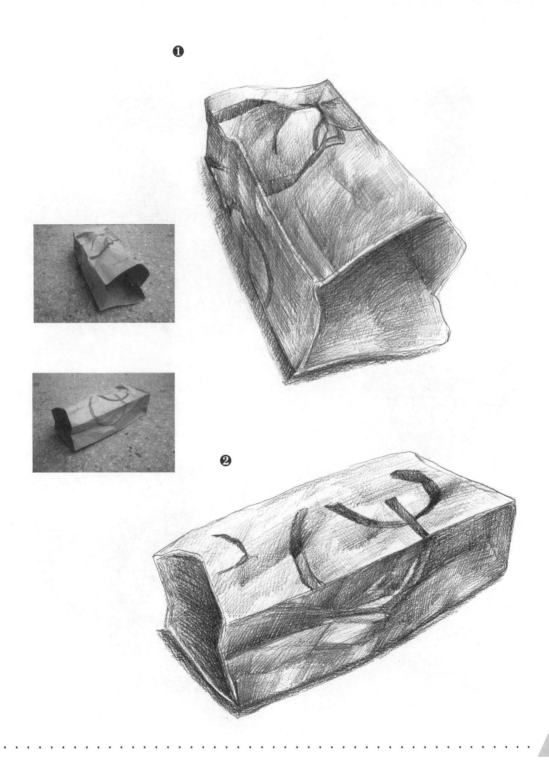

各種不同造型的壺

圖中有各種不同的茶壺，這些壺的形狀畫法，對於初學者而言是種形狀練習，初學者不妨拿家裡不同造型的瓶子畫畫看。

各種不同造型的壺

圖中有各種不同的茶壺，這些壺的形狀畫法，對於初學者而言是種形狀練習，初學者不妨拿家裡不同造型的瓶子畫畫看。

初學者不同角度立方體的透視

圖中有各種不同立方體的透視，初學者可從實際照片中清楚瞭解四方體的透視。

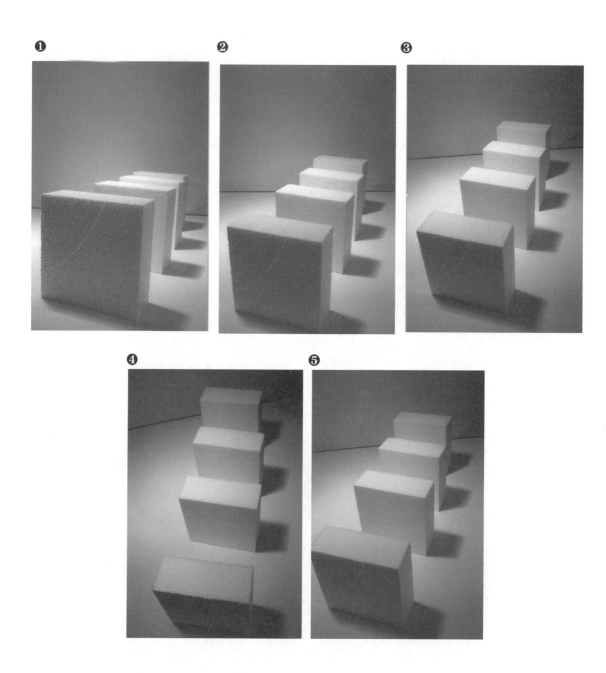

初學者四方形的畫法

四方形體畫法，四方形高度變化。

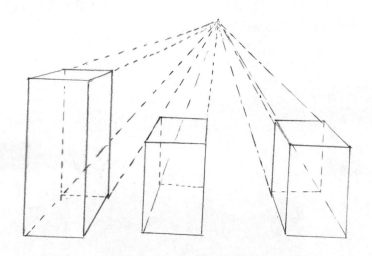

四方形看似容易，對初學者而言確是不容易畫，如果瞭解書中的原理，相信更容易畫出四方形。

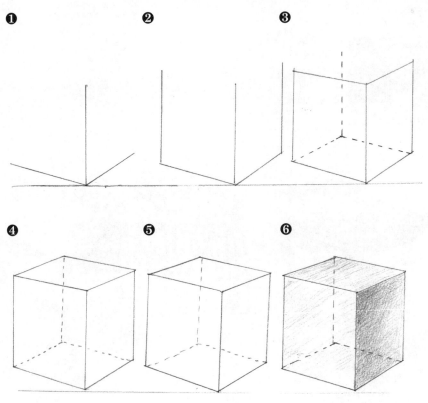

初學者四方形應用，椅子

圖❷中椅子的畫法是由圖❶中不同角度四方形畫法延伸而來，原理相同，所以有了圖❶的基礎，初學者再畫椅子就並不是難事了。

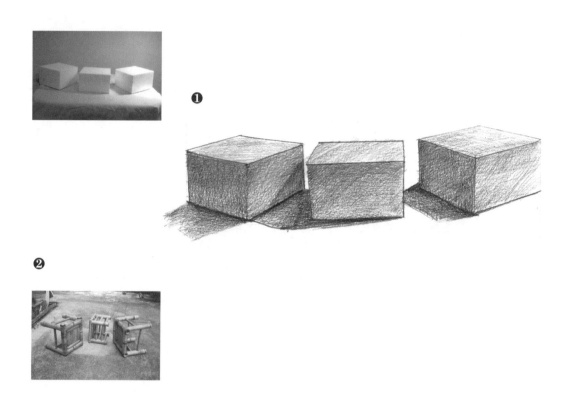

❶

❷

方形瓶子的畫法

三個不同角度的瓶子畫法，是利用下圖方形的透視原理，畫出不同角度的瓶子。

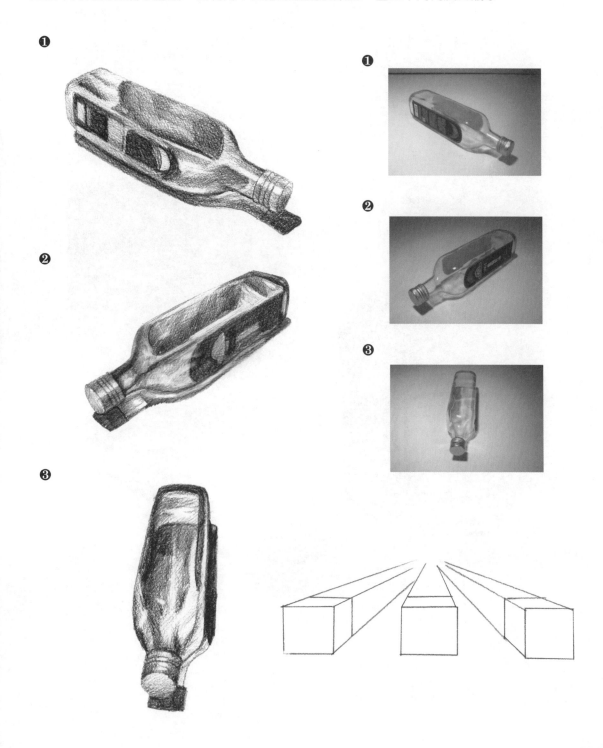

六角形的瓶子（完成圖）

圖中六角形瓶子是利用六角形的基本形所畫出。

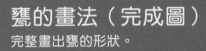

甕的畫法（完成圖）

完整畫出甕的形狀。

甕的畫法（一）

畫十字線。

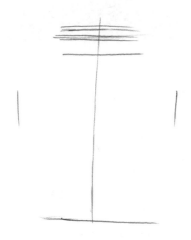

甕的畫法（二）

再畫出輪廓。

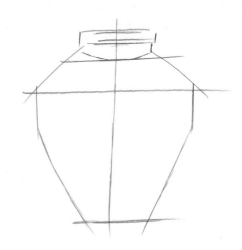

甕的畫法（三）

修出甕整個輪廓的形。

甕的畫法（四）

畫出甕下半部的明暗。

刷子與抹布（完成圖）

圖中刷子和抹布，畫時要表現出抹布的柔軟感及皺折感，及畫出刷子本身堅硬的感覺。

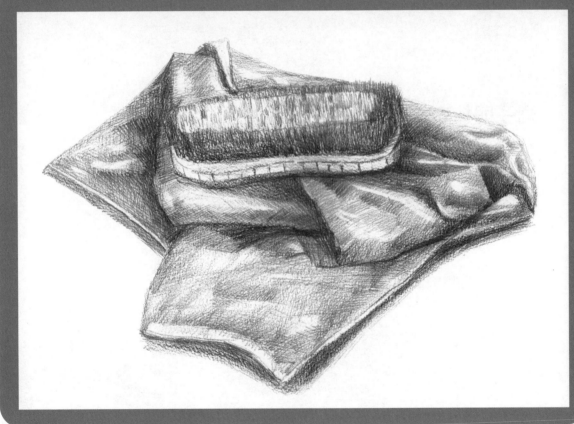

刷子與抹布畫法（一）

先畫出外輪廓。

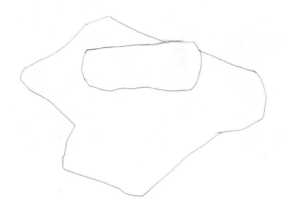

刷子與抹布畫法（二）

畫出布的折紋部份及抹布的厚度。

刷子與抹布畫法（三）

大略畫出抹布的明暗。

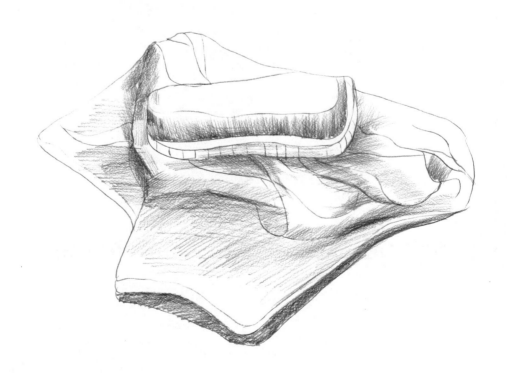

刷子與抹布畫法（四）

再把抹布明暗加深。

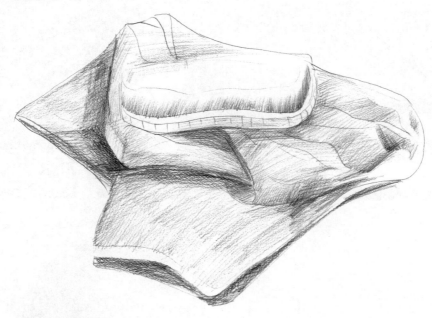

刷子與抹布畫法（五）

續把抹布明暗重疊多次，讓抹布有層次感。

茄子（完成圖）

茄子為橢圓形圓柱體狀蔬菜，畫茄子時要畫出茄子的亮、中間調及正反光部份和陰影部份。

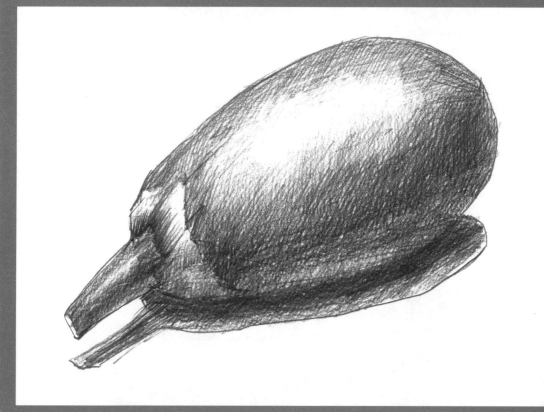

茄子的畫法（一）

圖❶是先用直筆勾出茄子的外輪廓。　　　　圖❷則是修出茄子整體形狀及陰影。

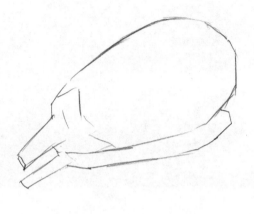

茄子的畫法（二）

圖❶先畫出茄子的大略明暗。　　　　　　　圖❷則約略畫出茄子的陰影部份。

檸檬（完成圖）

圖中為檸檬的照片與檸檬的完成圖。

檸檬表皮較為粗糙，因此可選用較為粗糙的紙張繪畫。

檸檬的畫法（一）

圖❶約略畫出不同方向的兩個檸檬。

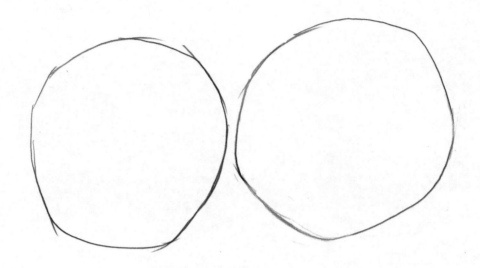

圖❷則約略畫出檸檬的明暗。

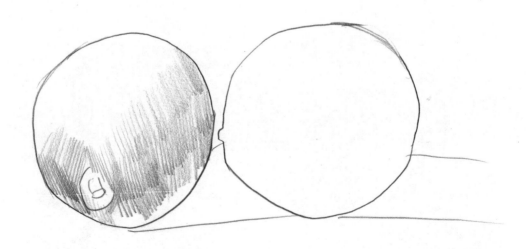

檸檬的畫法（二）

圖❶加深其筆觸。

圖❷使用不同方向重疊畫法，並畫出陰影部份。

長形茄子（完成圖）

紫茄子部份表皮有反光現象，因此要畫出茄子較亮的反光部份和陰影部份，才能顯示出茄子的立體感。

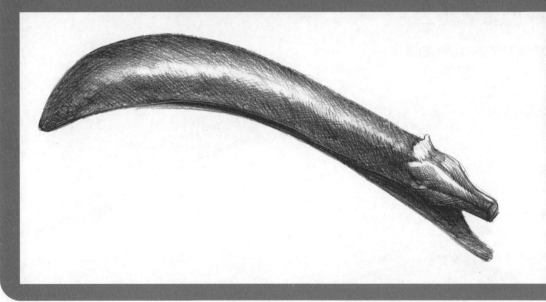

茄子的畫法（一）

圖❶先畫出茄子的輪廓。

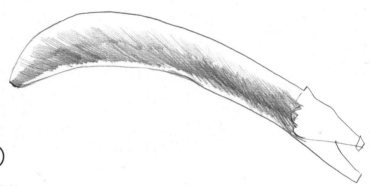

圖❷則畫出茄子的大略明暗。

茄子的畫法（二）

圖❶為以斜筆畫出茄子的明暗。

圖❷用交叉的筆觸畫出。

芥菜（完成圖）

芥菜在冬天過年前是盛產期，這種蔬菜造型特殊，所以筆者特別挑選此種蔬菜畫法，提供給初學者練習。繪畫的重點為順著梗，由上往下畫。

芥菜的畫法（一）

圖❶是先畫出約梯形大輪廓，

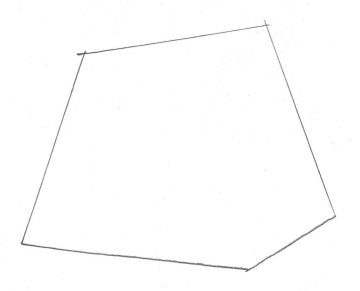

圖❷則是畫出芥菜梗的位置。

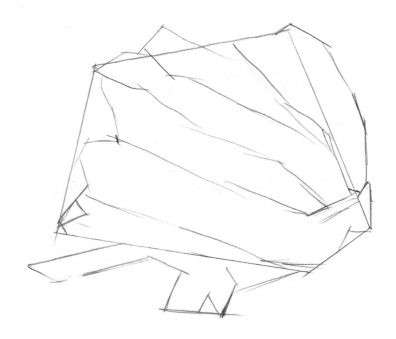

芥菜的畫法（二）

圖❶大略先畫出明暗。

圖❷則再以重疊的筆觸，畫出芥菜的明暗。

酪梨（完成圖）

酪梨形狀類似圓錐體，畫時注意圓錐體的體積感覺，並以大的斜筆觸畫出立體感。

酪梨的畫法（一）

圖❶畫出外輪廓。

圖❷則再畫出陰影部份。

酪梨的畫法（二）

圖❶使用大筆觸畫出酪梨的立體感。感覺。

圖❷再用重疊的筆觸，畫出酪梨陰影感

女用皮鞋（完成圖）

這雙女用皮鞋看似簡單，然而初學者要先畫出皮鞋的造型，接著再畫出皮鞋的明暗，側面部份是比較容易掌握的。

女用皮鞋的畫法（一）

圖❶勾出鞋子上半部輪廓。

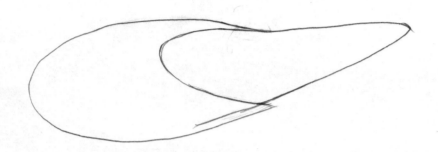

圖❷則畫出部份形狀。

圖❸則畫出全部形狀。

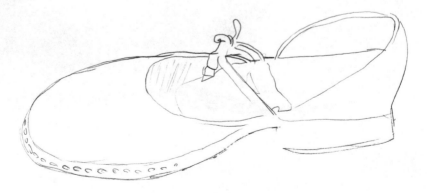

女用皮鞋的畫法（二）

圖❶畫出鞋的部份明暗。

圖❷用重疊畫法，畫出整體的陰影。

貝殼（完成圖）

貝殼是常見的裝飾品，屬於較硬的物體，因此貝殼要用較快速的筆觸畫出它的硬直感，順著紋路交叉來畫就不難。

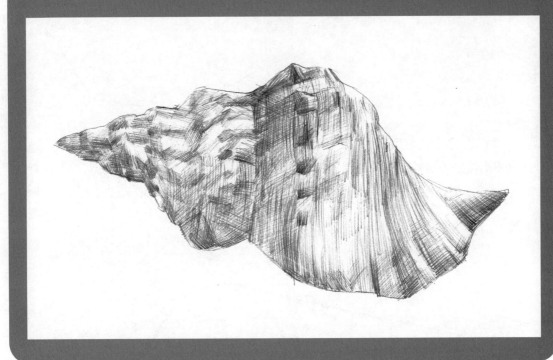

貝殼的畫法（一）

圖❶先約略勾勒出貝殼的形狀。

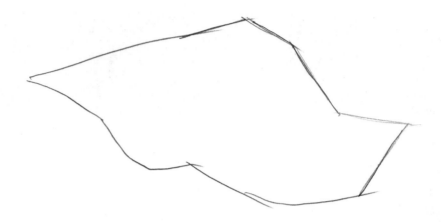

圖❷則再修飾繪畫出貝殼的形。

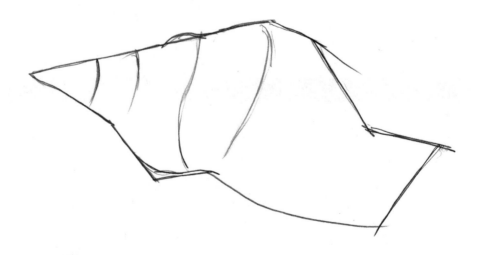

貝殼的畫法（二）

圖❶的貝殼，分為A～G部份。

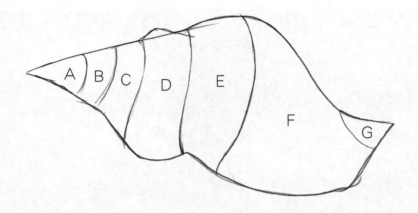

圖❷則勾勒出貝殼約略形狀。

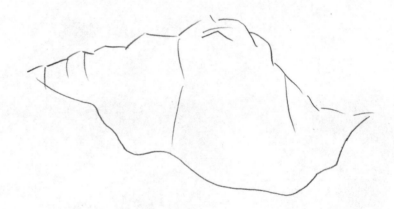

圖❸則是用筆尖筆觸，快速畫出貝殼質感。

用筆尖畫

甜椒（完成圖）

甜椒為常見的蔬菜，甜椒形狀畫法介於四方形與圓柱之間，反光部份要用軟橡皮擦亮，才會顯示出立體感。

甜椒的畫法（一）

圖❶先約略畫出甜椒的形狀。

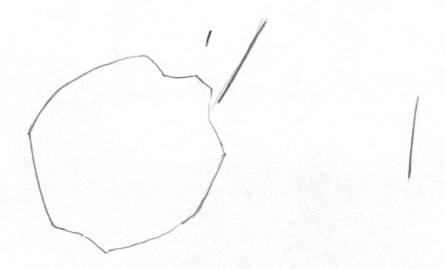

圖❷則畫出甜椒的輪廓。

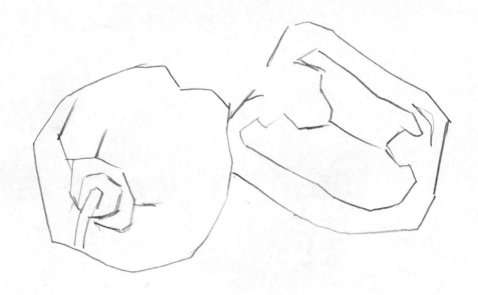

甜椒的畫法（二）

圖❶畫出甜椒陰影位置。

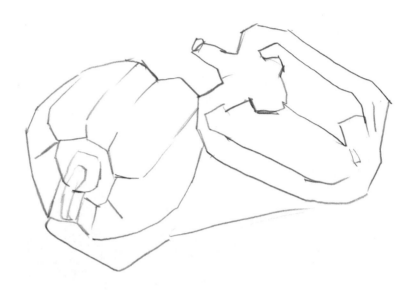

圖❷把甜椒較暗的部份大略畫出。

甜椒的畫法（三）

圖❶要畫出甜椒的陰影。

圖❷則把甜椒整體的明暗確定下來，並且加深陰影顏色。

陶器瓶（完成圖）

圖中陶器瓶是以2B～4B的鉛筆畫出，注意瓶口的畫法，瓶口是扁形橢圓。

陶器瓶的畫法（一）

圖❶先畫出十字形和瓶口高度。

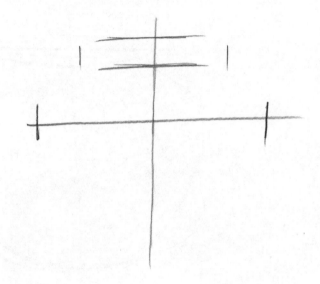

圖❷用直線畫出瓶子輪廓。

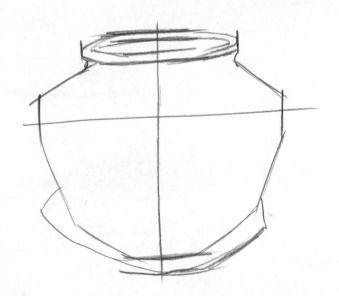

陶器瓶的畫法（二）

圖❶修出輪廓並畫出陰影部份。

圖❷畫出瓶子下半部陰影部份。

陶器瓶的畫法（三）

圖❶畫出陶瓶口深處。

圖❷把陰影的部份加深。

布皮包袋（完成圖）

畫出布皮包柔軟的感覺，畫時注意條紋的轉折以及皮包袋口的部份。

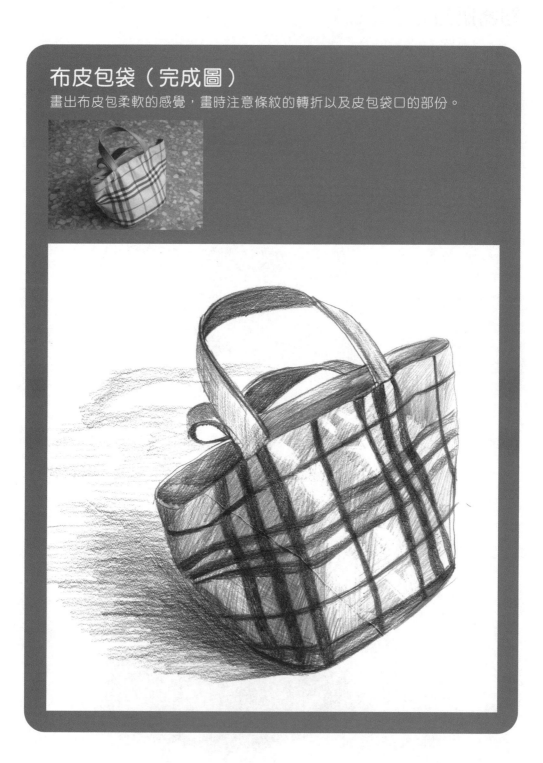

布皮包的畫法（一）

圖❶畫出皮包的高度。

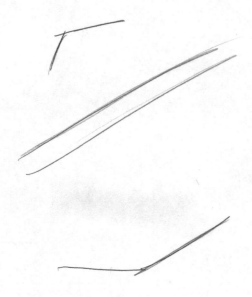

圖❷則要畫出皮包的基本形。

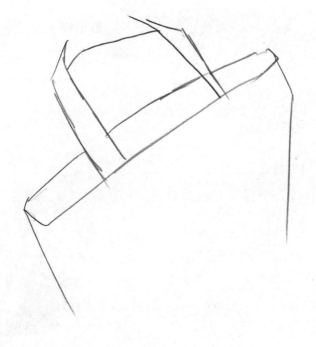

布皮包的畫法（二）

圖❶修出整體的形狀。

圖❷則畫出線條的彎曲變化。

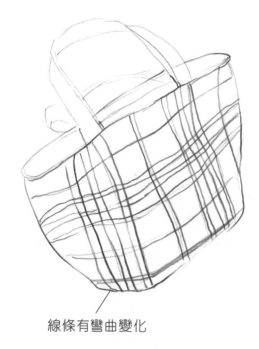

線條有彎曲變化

圖❸則畫出布皮包口的深度及線條的厚度。

較淡

較暗

百年石臼（完成圖）

百年石臼有一百多年的歷史，位於雲林縣土庫鎮埤腳里百年古厝內，顯示出歲月的痕跡，為了表現出石臼的質感，筆者用直筆交叉畫法畫出石頭的硬度。

畫出石頭交叉筆觸

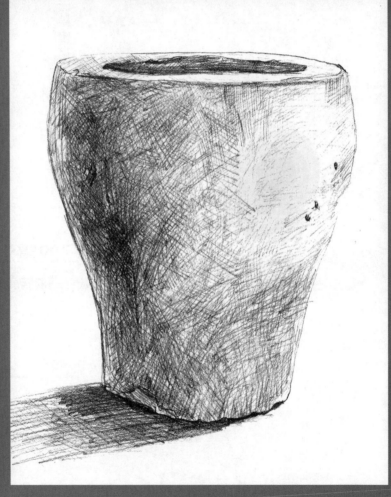

石臼的畫法（一）

圖❶、圖❷顯示出石臼明暗光線的畫法。

❶

C最暗

B中間亮

A最亮

由上而下光線變化

❷

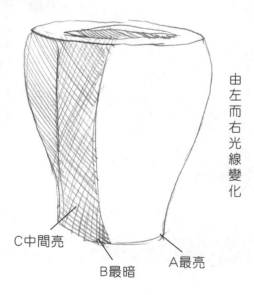

由左而右光線變化

C中間亮

B最暗

A最亮

石臼的畫法（二）

畫出石臼的高度與寬度。

石臼的畫法（三）

修出石臼的形狀。

石臼的畫法（四）

畫出石臼的明暗。

石臼的畫法（五）

再重疊畫出石臼的暗部。

柿子（完成圖）

圖中柿子左右兩邊並不相同，左邊的柿子有套袋，而右邊則沒有。套袋柿子用細的2B鉛筆畫出，右邊柿子則用細2B～3B鉛筆順著柿子形狀，由上往下畫出。

柿子的畫法（一）

圖❶約略勾勒出兩個柿子的形狀。

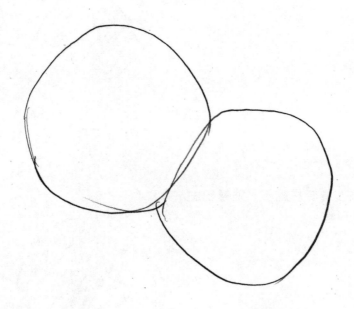

圖❷畫出左邊柿子的套袋，並將右邊柿子分成A、B明、暗兩面。

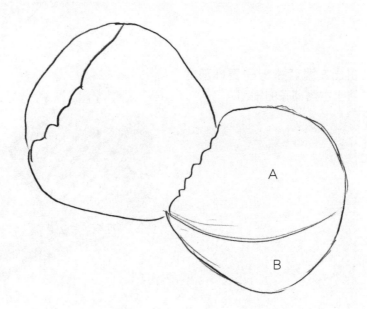

柿子的畫法（二）

圖❶明顯畫出柿子套袋的線條。

圖❷畫出左邊套袋細部，並畫出右邊柿子的形體。

圖❸則畫出左邊套袋柿子更細部的孔，並畫出右邊柿子的細部。

第五章

◆ 日常生活靜物練習 ◆

斗笠（完成圖）

斗笠，代表農民不論晴雨、辛勤耕耘的精神，是入田耕種常戴的工作帽，雖已陳舊但有幾分感情，畫時需注意斗笠的造形外，對於初學者而言其實並不難。

斗笠的畫法（一）

圖❶畫出斗笠圓形外輪廓。

圖❷大約畫出斗笠的形狀。

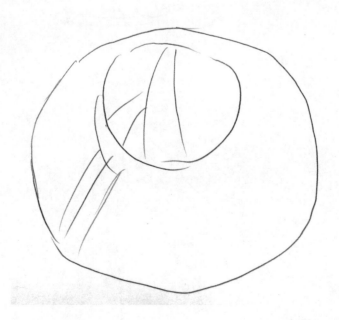

斗笠的畫法（二）

圖❶、圖❷、圖❸畫出斗笠較細的部份，並且畫出一點明暗。

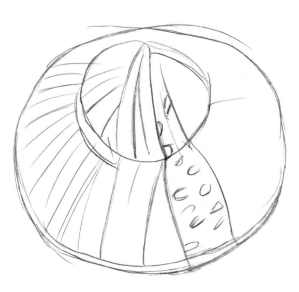

竹籃子（完成圖）

注意竹籃子的陰影，用軟橡皮擦出光點。

竹籃的畫法（一）

先畫出竹籃的輪廓。

竹籃的畫法（二）

畫出竹片的明暗。

膠帶台（完成圖）

讀者可以發現膠帶台是用重疊的筆觸畫出，筆觸不用太用力，用斜筆反覆重疊即可。

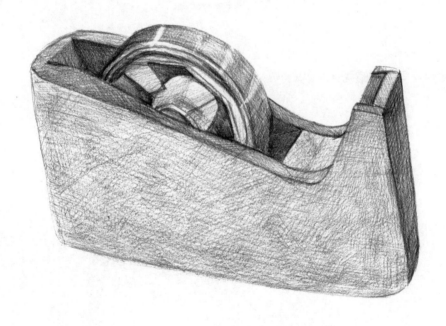

膠帶台的畫法（一）

這是一個常見的日用品，

圖❶畫出膠台形狀。

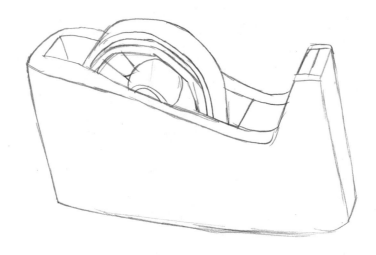

圖❷則畫出膠台不同的明暗面。

瓷器壺（完成圖）

加深瓷壺底部很重要，畫壺身時要由上往下漸漸畫暗。

瓷器壺的畫法（一）

先用鉛筆勾勒出瓷器壺的範圍。

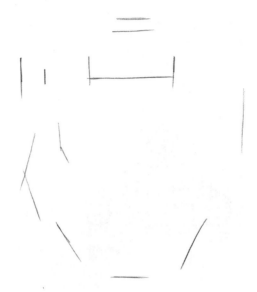

瓷器壺的畫法（二）

再直接連接瓷器壺的形狀。

瓷器壺的畫法（三）
更仔細修飾出瓷器壺的瓶子。

瓷器壺的畫法（四）
先畫出瓷壺底部的暗處，再畫出壺嘴的立體感。

小椅子（完成圖）

這是一個舊的圓形小椅子，使用比較粗糙的紙畫出木頭的感覺，一般水彩紙的粗糙面或者有些素描紙有兩面，較粗那一面就可以畫出粗糙感。

小椅子的畫法（一）
先畫出小椅子橢圓形椅座。

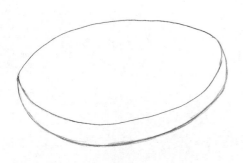

小椅子的畫法（二）
再畫出小椅子的腳，並注意透視。

小椅子的畫法（三）
畫出椅子的立體感外，再畫出椅子的影部。

小椅子的畫法（四）
除加深椅子的立體感外，並且畫出椅子上的裂紋。

塑膠球（完成圖）

塑膠球的畫法

塑膠球是由一條扁的線圈繞而成，經由圖❶、圖❷、圖❸的排列，讀者可以依照順序畫畫看。

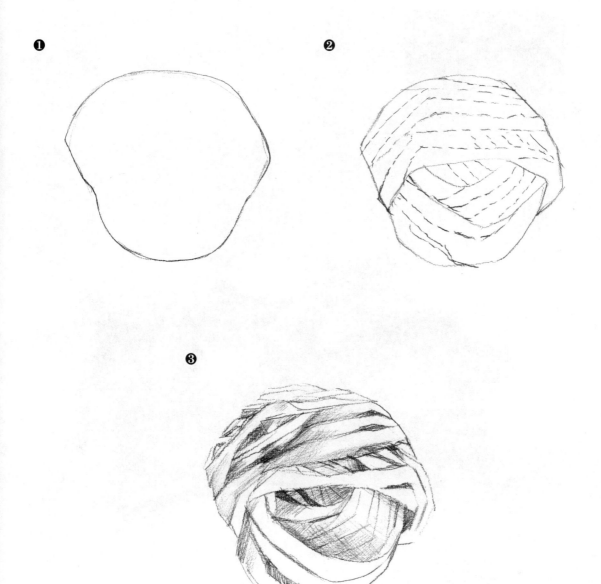

圍巾（完成圖）

要畫出圍巾毛絨絨的感覺，及黑白圍巾的折紋，畫時注意使用4B以上粗筆蕊重疊繪畫。

圍巾的畫法（一）

先勾勒出圍巾的形狀。

圍巾的畫法（二）

畫出圍巾的方格圖案。

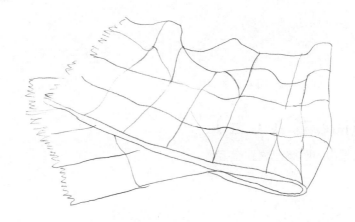

圍巾的畫法（三）

約略畫出格子的明暗。

圍巾的畫法（四）

加深圍巾格子的深淺。

圍巾的畫法（五）

整塊圍巾的明暗已大致確定。

布娃娃（完成圖）

圖中布娃娃畫法，將布娃娃分為A、B、C，即是頭、身體、腳三部份，另外還有帽子與身體部份。

布娃娃的畫法（一）

圖❶先勾勒頭的位置及衣服外輪廓。

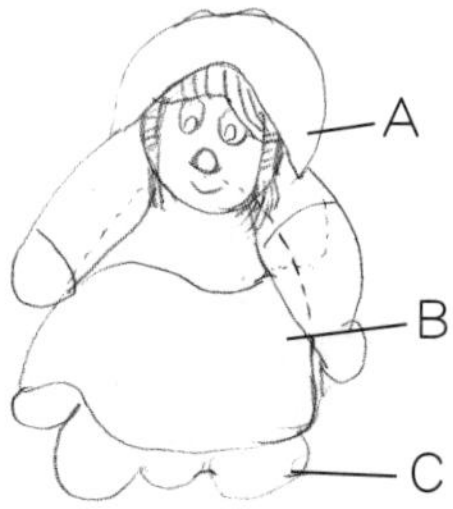

A

B

C

圓形

近長方形

近三角形

圖❷將衣服位置清楚畫出。

布娃娃的畫法（二）

圖❶將布娃娃分成A、B兩部。

將娃娃分成二部份 A、B。

將布紋線條約略畫出明暗。

約略畫出布紋線條。

圖❷畫出布娃娃的衣服。

圖❸則畫出布娃娃的衣服紋路。

大白菜（完成圖）

大白菜形狀接近橢圓形，繪畫重點需注意明暗反差對比要大一點，亮的部份用軟橡皮擦出，而暗的部份則是用4B以上鉛筆畫出。

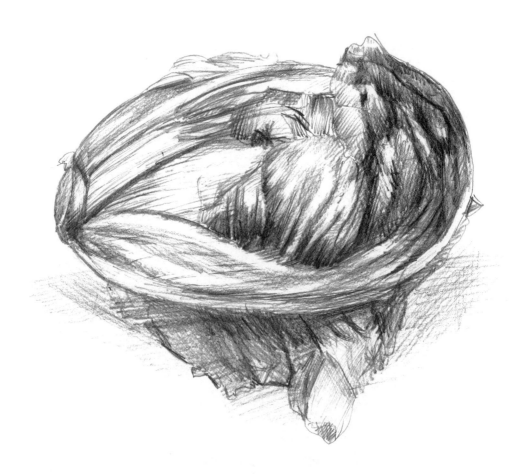

大白菜的畫法（一）

圖❶畫出大白菜橢圓形輪廓。

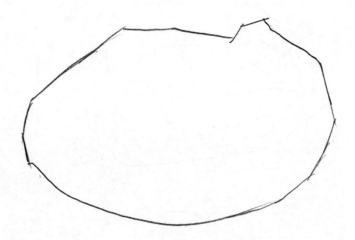

圖❷畫出大白菜較細部的形。

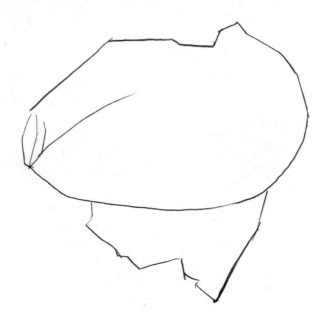

大白菜的畫法（二）

圖❶勾勒出大白菜葉脈。

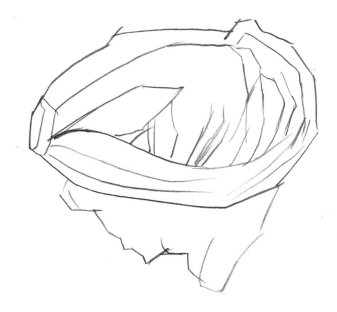

圖❷勾畫出所有白菜細部的葉脈。

大白菜的畫法（三）

圖❶、圖❷勾畫出所有白菜細部的葉脈。

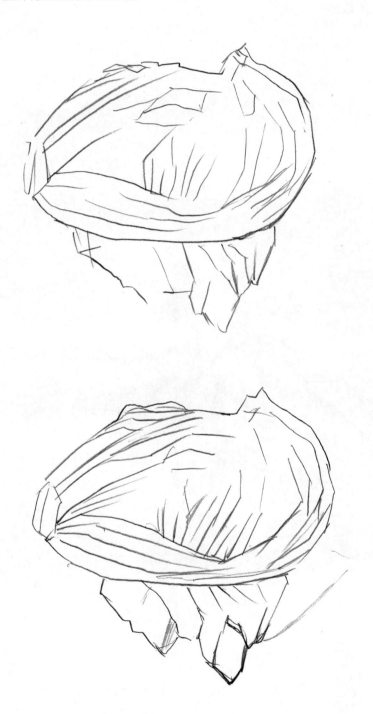

玉蜀黍（完成圖）

玉蜀黍的葉子屬於類似尖的三角形，而玉蜀黍則屬於近橢圓形狀，至於玉米粒則需要有耐心用細鉛筆畫出。

玉蜀黍的畫法（一）

圖❶用直線勾出玉蜀黍大約形狀。

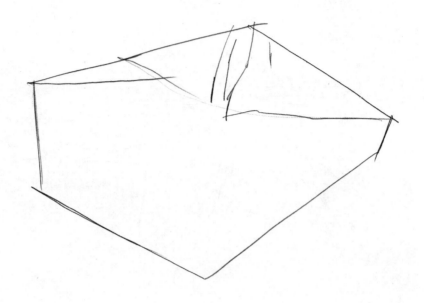

圖❷勾勒出葉子形狀。

玉蜀黍的畫法（二）

圖❶細部再勾出玉蜀黍的葉子。

圖❷勾勒出葉子的明暗，暗部尤其要加強。

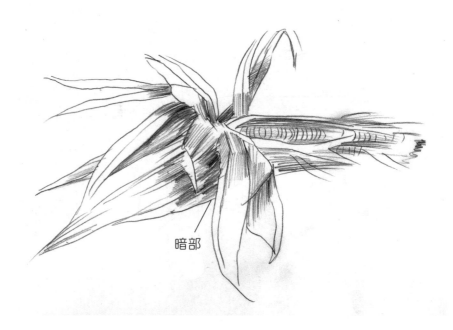

暗部

青江菜（完成圖）

青江菜是常見的蔬菜，葉子的畫法是由內向外畫，再慢慢重疊即可。

青江菜的畫法（一）

圖❶先確立青江菜的位置。

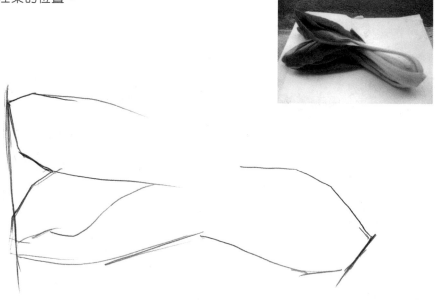

圖❷畫出青江菜的葉子細部。

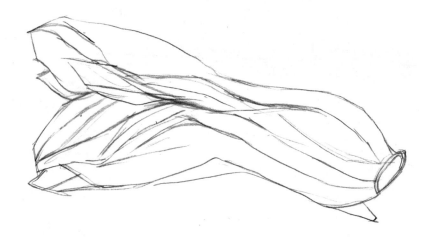

青江菜的畫法（二）

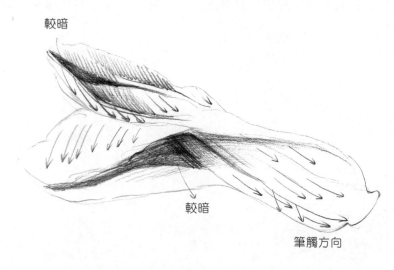

較暗

較暗

筆觸方向

以斜筆用交叉畫法完成

蔥（完成圖）

順著蔥的形狀，由左而右畫出蔥白，蔥葉則加深其暗部，畫出蔥葉厚度，顯出蔥的立體感。

蔥的畫法（一）

首先用2B畫出蔥的輪廓。

蔥的畫法（二）

確立輪廓後，再用畫筆加深蔥的深度。

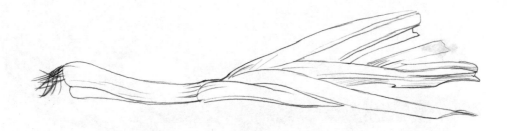

蔥的畫法（三）

再用筆觸加深蔥的葉子。

菜心（完成圖）

菜心為一節一節的感覺，要用細的2B鉛筆交叉重疊畫出。

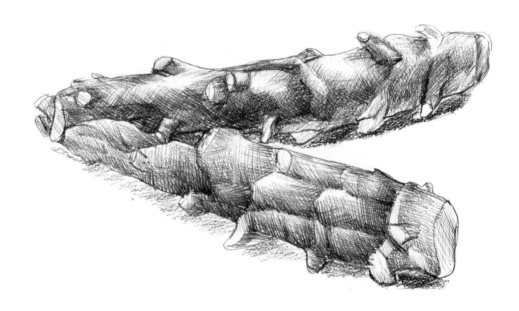

菜心的畫法（一）

圖❶用直線畫出菜心的位置及輪廓。

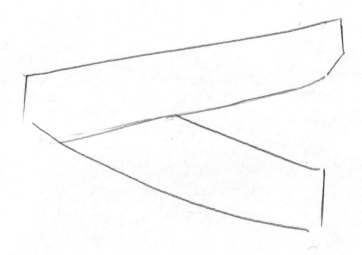

圖❷則用曲線修出菜心的位置。

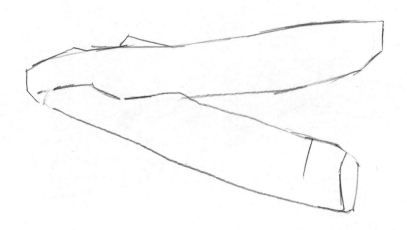

菜心的畫法（二）

圖❶勾勒出菜心節的位置。

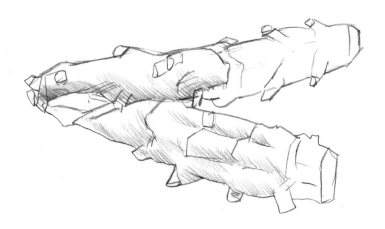

圖❷畫出菜心的明暗。

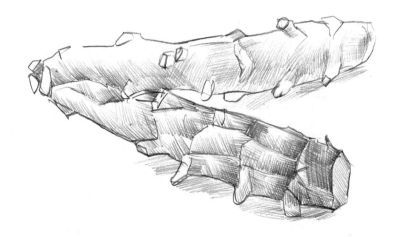

青椒（完成圖）

青椒有凹凸不平及光滑表面，因此畫青椒時要注意筆觸不要太明顯，用斜筆畫出青椒的表面是比較適合的方法。

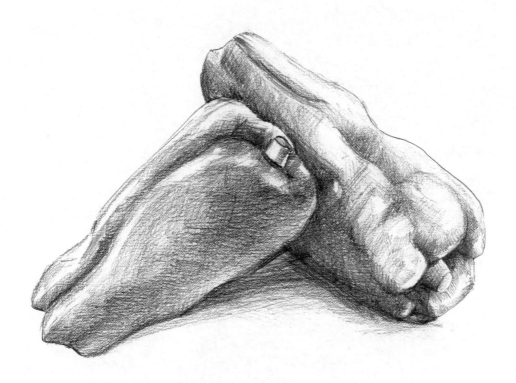

青椒的畫法（一）

圖❶將青椒分為A、B、C三個面，左邊青椒則分為A、B兩面。

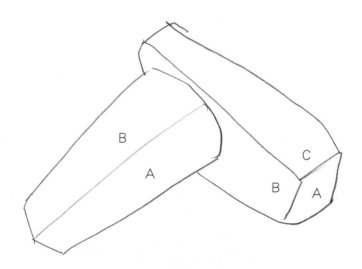

圖❷則告訴讀者青椒是用斜筆畫出。

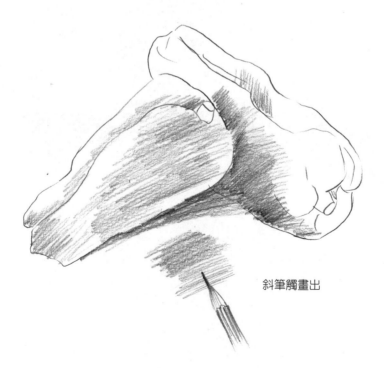

斜筆觸畫出

青椒的畫法（二）

圖❶先用斜直筆定出青椒位置。

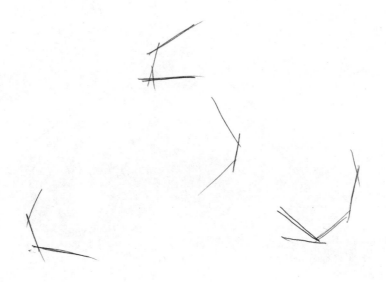

圖❷則畫出青椒的輪廓。

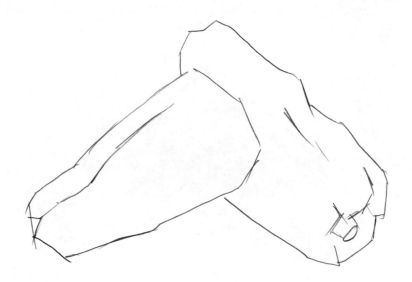

青椒的畫法（三）

圖❶與圖❷則是用重疊斜筆交叉畫出青椒的明暗。

❶

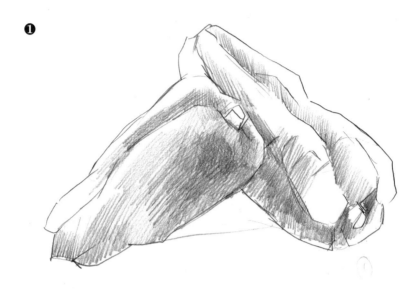

❷

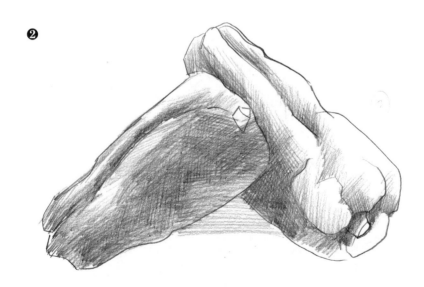

竹筍

竹筍形狀近似圓錐體，對於初學者是較簡單的題材，每年五月盛產期，初學者可以練習看看。

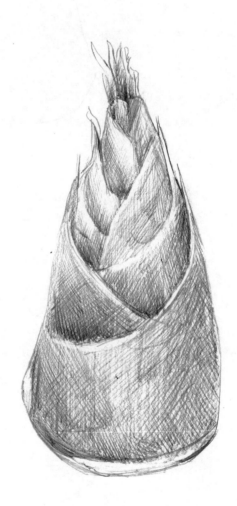

竹筍的畫法（一）

圖❶先用直線畫出三角錐體。

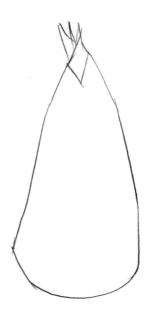

圖❷則畫出竹筍的節。

竹筍的畫法（二）

圖❶畫出竹筍的部份明暗。

圖❷則畫出竹筍不同方向筆觸並加深明暗度。

酒瓶

酒瓶為方形體與圓柱體兩種基本形的結合，用2B鉛筆筆觸重疊而成，影子不要畫太暗，否則失去空間感。

酒瓶的畫法（一）

圖❶先用直線勾畫出酒瓶位置。

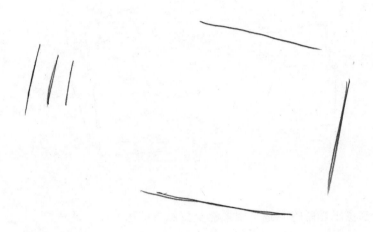

圖❷再用弧線勾勒出酒瓶的形狀。

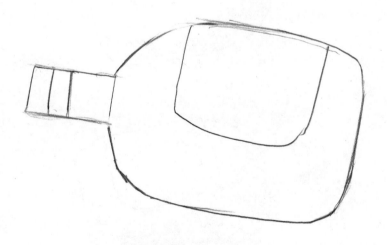

酒瓶的畫法（二）

圖❶接著畫出酒瓶的立體。

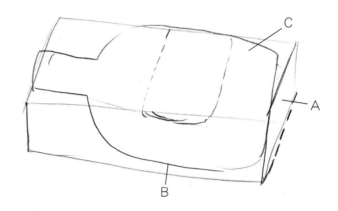

圖❷及圖❸則依次畫出酒瓶的明暗，用重疊交叉筆觸即可。

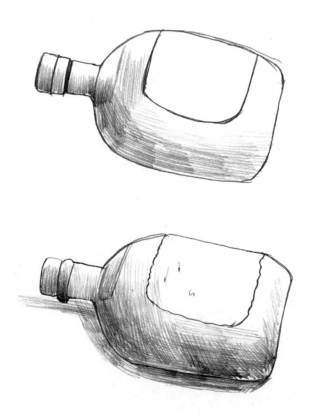

玻璃瓶與草繩（完成圖）

玻璃瓶是屬於較硬質感而草繩則屬於較軟質感，因此畫玻璃用直線重疊而畫草繩用弧線較多。

玻璃瓶與草繩的畫法（一）

首先定出玻璃瓶的寬度。

玻璃瓶與草繩的畫法（二）

玻璃瓶畫出後再畫出草繩的位置。

玻璃瓶與草繩的畫法（三）

將草繩與玻璃瓶的明暗再約略加深。

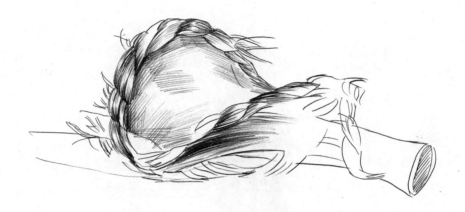

玻璃瓶與草繩的畫法（四）

將草繩與玻璃瓶再重疊加深繪畫。

可口可樂瓶（完成圖）

以2B～4B鉛筆、重疊筆觸，畫出玻璃瓶透明感覺，並且以軟橡皮壓出其暗部。

可口可樂瓶的畫法（一）

以橫線畫出可口可樂瓶的高度與寬度。

可口可樂瓶的畫法（二）

勾勒出可口可樂瓶的輪廓。

可口可樂瓶的畫法（三）

將可口可樂瓶更仔細勾勒出細部輪廓。

可口可樂瓶的畫法（四）

畫出可口可樂瓶的明暗，可以先約略打一次底色。

洋酒瓶（完成圖）

洋酒的玻璃反光部份是比較強烈些，因此玻璃瓶明度與暗度的距離要大一點。

洋酒瓶的畫法（一）

先勾勒出酒瓶的長度與寬度。

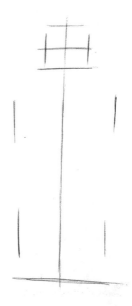

洋酒瓶的畫法（二）

勾出酒瓶的細部。

洋酒瓶的畫法（三）

勾出酒瓶的細部。

洋酒瓶的畫法（四）

加深酒瓶的明暗度。

啤酒瓶（完成圖）

以4B鉛筆畫出酒瓶的暗部，並且用交叉筆觸畫出玻璃質感，並以軟橡皮擦出啤酒瓶亮處。

啤酒瓶的畫法（一）

先畫出兩啤酒瓶的位置，再詳細畫出酒瓶的長寬。

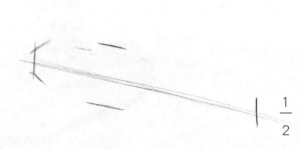

啤酒瓶的畫法（二）

畫出啤酒瓶的輪廓。

啤酒瓶的畫法（三）

約略畫出啤酒瓶的明暗。

啤酒瓶的畫法（四）

加深啤酒瓶的整體暗部。

啤酒瓶的畫法（五）

再以重疊筆觸畫出酒瓶整體，

並畫出影子暗處。

初學
鉛筆素描技法
Drawing and Sketching in Pencil

初學
鉛筆素描技法
Drawing and Sketching in Pencil

初學
鉛筆素描技法
Drawing and Sketching in Pencil

初學
鉛筆素描技法
Drawing and Sketching in Pencil